DREAMBOOKS

DREAMBOOKS

시니어 신무협 장편소설

ORIENTAL FANTASY STORY & ADVENTURE

dream
books
드림북스

수라전설 독룡 3 수라의 길

초판 1쇄 인쇄 2018년 10월 8일
초판 1쇄 발행 2018년 10월 18일

지은이 시니어
발행인 오영배
기획 박성인
책임편집 이대웅
일러스트 eunae
디자인 권지연
제작 조하늬

펴낸곳 (주)삼양출판사 · 드림북스
주소 서울시 강북구 도봉로 173
대표 전화 02-980-2112 **팩스** 02-983-0660
편집부 전화 02-980-2116 **팩스** 02-983-8201
블로그 blog.naver.com/dreambookss
출판등록 1999년 3월 11일 제9-00046호

ⓒ 시니어, 2018

ISBN 979-11-283-9451-5 (04810) / 979-11-283-9448-5 (세트)

드림북스는 (주)삼양출판사의 판타지 · 무협 문학 브랜드입니다.

수라전설 독룡
3
수라의 길
시니어 신무협 장편소설
ORIENTAL FANTASY STORY & ADVENTURE
dream books
드림북스

목 차

第一章
팔 년 만의 외출

　오랜만에 맛본 밖의 공기는 정말로 상쾌했다. 숨을 쉬는 것만으로 몸속이 씻겨 나가는 기분이었다. 칼칼한 흙먼지와 씁쓸한 독기, 시체 썩는 냄새로 악취 가득했던 갱도의 공기와는 비교조차 할 수 없었다.

　수 년간 어두운 갱도에서 보낸 끔찍한 나날들이 한순간에 스쳐 지나갔다.

　진자강은 소리 없이 절규했다.

으아아아아아 ─!

전신의 털이 곤두서고 핏줄이 튀어나왔다.

숨이 막혀 얼굴이 벌게질 지경까지 소리 없는 비명을 토해 낸 후에야 이를 악물고 몸을 떨었다.

"헉헉…… 헉헉."

너무 주먹을 꽉 쥐어서 손바닥엔 손톱이 박혀 피가 났고 얼굴에선 땀이 뚝뚝 떨어졌다. 두 눈은 충혈되어 시뻘겋게 물들었다.

"헉헉……."

진자강은 가쁘게 숨을 몰아쉬었다.

분노와 살의가 미칠 듯이 솟구쳐서 머리가 뜨거워질 지경이었다.

갱도에서 보냈던 시간은 매우 길고 지루했다.

일 년, 이 년…… 삼 년.

매일매일 반복적이고 똑같은, 그리고 기약 없는 어둠 속에서 살아가는 것에 점점 지쳐 갔다.

차라리 그때에 미쳐 버렸다면 고통은 없었을 것이다.

그러나 진자강은 총명탕의 부작용으로 늘 오성이 깨어 있었다. 언제 어떤 때에든 스스로의 상태를 자각하고 현실을 인지했다.

그건 거의 고문과도 같은 일이었다.

매 순간 어깨를 짓누르고 있는 다른 이들의 목숨의 무게,

그리고 그에 대한 부담으로 쉼 없이 되새겨지는 분노.

그렇게 쌓여 왔던 분노가 갱도를 탈출하면서 한순간에 폭발해 버린 것이다.

"으으으."

진자강은 심장이 터질 듯한 고통에 가슴을 쥐어뜯었다.

이것은 어디에서 연유한 고통인가!

복수에 대한 갈망인가, 아니면 지나간 시간에 대한 억울함인가.

"다…… 죽…… 인…… 다……."

진자강은 쥐어짜는 목소리로 소리를 냈다.

"죽…… 인…… 다!"

살기가 너무 치밀어 올라서 이성이 가물거렸다. 눈에 보이는 건 뭐든지 찢어 버리고 싶었다.

진자강은 예전부터 초인적인 인내심을 가지고 있었다.

그러나 그런 진자강도 억누를 수 없는 끔찍한 한(恨)의 고통이 전신을 짓눌렀다.

피를 보지 않고는 도저히 견딜 수가 없었다.

더 어이가 없는 것은 지금 역시도 진자강 스스로가 자신의 현재 상태를 자각하고 있다는 점이었다.

이성을 잃으면 안 된다는 것을 알고 있는 자신과 피로써 분노를 해소시키고 싶어 하는 자신이 동시에 충돌했다.

그것이 진자강을 더욱 괴롭게 만들었다.

머리가 아파 왔다.

살기가 점점 진자강을 잠식해 가고 있었다.

그때에 마침 나타난 한 마리의 멧돼지가 아니었다면 진자강은 아마도 광기에 사로잡힌 독인(毒人)이 되어 버렸을지도 몰랐다.

커다란 덩치.

성인 어른쯤은 가볍게 들어 엎어 버릴 만한 멧돼지가 눈에 불을 켜고 진자강을 노려보고 있었다.

아마도 진자강이 뿜어낸 살기에 반응한 모양이었다.

꿔이이!

멧돼지는 길게 울음소리를 터뜨리더니 옆에 있는 나무에 송곳니를 마구 갈았다.

그러곤 진자강을 돌아보고 송곳니를 세웠다.

진자강도 물러서지 않고 멧돼지를 노려보았다.

싸움, 죽음, 피!

머리에서 계속 떠오르는 단어들이었다.

진자강은 지금의 상황이 전혀 두렵지 않았다. 오히려 흥분으로 소름이 끼칠 정도였다.

멧돼지가 갑자기 진자강을 향해 돌진해 왔다.

두두두두!

보통 사람이라면 응당 피하거나 달아나는 것이 정상이다. 그러나 진자강은 움직이지 않았다.

피해야 한다는 걸 머리로는 알고 있는데 피하고 싶은 마음보다 싸워서 피를 보고 싶은 갈망이 더 컸던 것이다!

진자강은 몸을 낮추어 정면으로 멧돼지와 격돌했다.

쿠웅!

부딪치는 순간 멧돼지의 머리를 누르고 목을 감싸 쥐었다. 그러나 이미 멧돼지의 송곳니가 복부를 두 치나 파고들었다.

진자강은 멧돼지의 등에 올라타 멧돼지의 귀와 두꺼운 목을 움켜쥐고 힘껏 졸랐다.

멧돼지는 미친 듯이 머리를 흔들었다. 진자강은 떨어지지 않았다.

꿰이익!

멧돼지가 진자강을 앞에 매단 채 마구 달리며 등으로 정면의 나무에 부딪쳤다.

쾅!

진자강은 등허리가 으스러지는 듯했으나 손을 놓지 않았다. 멧돼지가 엎어져 버둥거리는 바람에 진자강은 멧돼지의 육중한 몸에 깔린 형국이 되었다.

그럼에도 진자강은 더 손에 힘을 주었다.

멧돼지의 귀가 찢겨 나갔다.

멧돼지가 비명을 지르며 발버둥을 쳤다. 진자강은 멧돼지의 뺨에 붙어 있는 입술을 붙들고 다른 손으로는 멧돼지의 눈을 쑤셨다.

뀌에엑! 뀌엑!

입과 눈이 찢어지면서 시뻘건 피가 분출했다. 얼굴 가죽이 너덜너덜해졌다.

진자강은 멧돼지가 달아날까 봐 다시 목을 졸랐다. 발버둥치며 일어선 멧돼지가 마구잡이로 달리기 시작했다.

달리다가 엎어지고 뒹굴어도 진자강은 손을 놓아주지 않았다. 멧돼지뿐 아니라 진자강도 온몸에 상처가 나고 배에서도 피가 흘렀다. 그런데도 진자강은 아무렇지 않았다.

고통이나 두려움보다 더한 희열이 모든 감각을 뭉개 버리고 있는 것이다.

우드득.

또 한 번 멧돼지가 바닥을 굴렀을 때, 진자강의 늑골에서 둔탁한 소리가 났다. 부러지진 않았으나 숨을 쉬거나 몸을 움직이는 데 굉장한 압박이 되었다.

멧돼지도 그것을 눈치챘는지 더욱 발광을 했다.

진자강은 양발로 멧돼지의 배를 감고 왼팔로 멧돼지의 목을 꽉 붙든 채 오른팔의 새끼손가락을 깨물었다. 새끼손가락의 손톱 부근 소택혈에 핏방울과 함께 독액이 새어 나왔다.

진자강은 그 손으로 찢어진 멧돼지의 얼굴을 마구 헤집었다. 속살로 손을 쑤셔 넣어 핏줄과 살점을 뜯어내기도 했다.

그야말로 참혹하고 잔인한 광경이 아닐 수 없었다.

진자강조차 지금의 모습이 자기가 맞나 의심스러울 정도로.

하지만 동시에 지독한 희열을 느끼면서 말이다.

꿰이이익……!

멧돼지의 움직임은 점차 잦아들었다. 근육이 늘어지고 힘이 빠지는 것이 느껴졌다.

중독과 출혈로 인해 멧돼지는 빈사 상태에 이르러 있었다.

진자강은 무거운 멧돼지의 몸뚱이를 밀치고 옆으로 몸을 굴려 나왔다.

하나밖에 남지 않은 멧돼지의 눈이 진자강을 원망하는 듯한 투로 바라보고 있었다. 입에서는 꿀럭거리며 쉬지 않고 피거품이 흘러나왔다.

진자강은 머리통만 한 돌을 들어 멧돼지의 머리통을 내려쳐 죽였다.

퍽! 퍽!

그리고 뾰족한 돌로 가죽을 찢어 멧돼지의 살과 내장을 뜯어 먹었다.

오랜 기간 동안 풀과 독수(毒水)로만 연명해 오다가 신선한 피와 살을 맛보니 혀에 전율이 다 느껴졌다.

으적으적.

배가 터져라 멧돼지의 살을 뜯어 먹은 진자강은 그제야 기분이 좀 가라앉는 걸 느꼈다.

털썩 주저앉아 거친 호흡을 내뱉었다.

"흐으흐으."

자신의 손과 얼굴, 몸에는 온통 더운 피가 묻어 있었다.

허기가 가시자 피에 대한 갈증도 많이 완화되었다.

미칠 듯이 치밀어 올랐던 살기가 가라앉았다. 스스로는 인식하지 못했지만, 악귀처럼 웃고 있던 입가의 미소도 어느새 사라져 있었다.

뜨거웠던 머리도, 폭발하듯 뛰던 심장도 차분해졌다. 한결 가라앉은 상태로 진자강은 긴 숨을 내쉬었다.

마침내 이성이 돌아온 것이다.

진자강은 방금까지 미쳐 있었다. 물론 정신은 멀쩡했으므로 이런 경우에는 정말 '맨정신으로 미쳐 있었다' 라는 말이 어울리는 것일 터였다.

진자강은 자신이 한 행동들을 돌아보았다.

금이 간 늑골에서는 욱씬거리는 통증이 느껴졌고, 배에 뚫린 구멍에서도 피가 졸졸 흐르고 있었다. 뿐만 아니라 여기저기 살갗이 찢어지고 긁혀서 쓰라렸다.

어디 한 군데 부러지지 않은 게 천만다행이었다.

"하, 하하."

정말로 어이가 없었다.

"바보같이⋯⋯."

이성적으로 행동하지 못했기에 갱도에서 쌓아 온 무공이며 신법은 하나도 써 보지 못했고, 정면에서 멧돼지와 힘으로 겨루는 무모한 짓을 하고 말았다.

무모함의 대가로 수많은 상처를 얻었다. 큰 상처는 아니지만 분노에 사로잡힌 탓에 입지 않아도 될 상처를 입었다.

한 번이면 족하다. 오늘 같은 일은 다신 있어선 안 된다. 앞으로는 절대 이 같은 멍청한 짓을 해선 안 된다.

진자강은 크게 심호흡을 했다.

"머리는 차갑게, 행동은 빠르게. 마음은 평온하게."

어떤 상황에서도 자제력을 잃지 않아야 한다.

진자강이 가야 할 길은 이제부터가 시작이니까.

진자강은 화풀이의 대상이 되고 만 멧돼지의 주검에 미안한 마음이 들었다.

그러나 그 와중에도 멧돼지의 고기를 챙기는 건 잊지 않았다.

여유가 좀 돌아온 진자강은 주변을 돌아보았다.

어두운 갱도에서 생활했기 때문에 시간이 얼마나 지났는지 전혀 알지 못했다.

그럼에도 굉장히 오랜 시간이 지났다는 건 자신의 몸에 일어난 변화만 봐도 알 수 있었다.

이미 몸은 어른이었고, 목소리조차 더 이상은 아이의 목소리가 아니었으니까.

사실은 그래서 굴을 파고 나오는 데에도 문제가 많았다. 최대한 좁게 굴을 파고 있었는데 몸이 점점 자라 버리는 바람에 어쩔 수 없이 굴을 더 넓혀야 했던 것이다.

굴이 무너지지 않도록 단단한 암반만을 골라서 뚫고 있기 때문에 굴을 넓히는 것도 굉장히 어려운 일이었다.

만일 후반에 무공을 이용하지 않았다면 굴을 파는 시간은 더 늦어졌을 터였다.

어쨌거나 지금 이렇게 바깥 공기를 마실 수 있게 되고, 마지막까지 굴이 무너지지 않았다는 사실만으로도 다행스러운 일이다.

진자강은 밤하늘을 보며 짧은 상념에 젖었다가 이내 정신을 차리고 근처에서 적당한 풀을 따서 그것들을 짓이겨 상처에 발랐다.

그러곤 다시 굴로 되돌아갔다.

좁디좁은 굴을 한참이나 기어들어 가자 빛이 전혀 들지 않았다. 진자강은 한 치 앞도 보이지 않는 갱도를 마치 보이는 것처럼 자유롭게 돌아다녔다.

한쪽 구석에는 사람들에게서 미리 벗겨 둔 옷이 쌓여져 있었다. 거기에서 옷을 챙겨 대충 걸쳐 입었다. 입어보고 고르고 할 필요도 없었다. 어차피 너무 오래되어 낡고 해져서 뭘 입든 넝마인 건 마찬가지였다.

허리까지 자란 머리도 낡은 옷가지로 질끈 동여 묶었다.

이어 가장 구석으로 가서 바닥에 있는 뼈들을 주섬주섬 해진 옷으로 싸기 시작했다.

다 썩어 문드러진 작은 유골들이었다.

심한 냄새가 났지만 진자강은 아랑곳하지 않았다.

작은 유골들을 해진 옷으로 잘 감싸서 보따리 두 개를 만들었다. 진자강은 보따리를 가만히 쥐고 사람에게 말하듯 낮게 얘기했다.

"내가 너무 늦었지? 이제 집으로 돌아가자."

진자강은 작은 유골이 든 두 개의 보따리를 잘 챙겨서 다시 긴 굴을 기어 나왔다.

그것은 다름 아닌 단산촌에서 온 두 아이들의 유골이었다.

스스로 탈출을 선택하고 싸울 수 있었던 어른들과 달리 단산촌의 두 아이들은 아무런 선택의 여지도 없이 싸움에 휘말려 죽고 말았다.

진자강은 이제 다 자란 어른이 되었지만, 아이들의 유골은 그때와 마찬가지로 여전히 작고 조그마했다.

그래서 진자강은 가슴이 아팠다.

진자강이 아니었다면 어쩌면 살았을지도 모르는 아이들.

아직도 아이들을 배웅하던 부모들의 모습이 눈에 선했다. 다른 이들이야 이미 문파가 사라져서 죽어도 돌아갈 곳이 없어졌다지만, 두 아이들은 돌아갈 곳이 있었으니 말이다.

때문에 진자강은 탈출할 때를 대비해 아이들의 유골을 잘 모아 두었던 것이다.

산의 공기는 상쾌했지만, 진자강의 마음은 갱도에서보다도 훨씬 무거워졌다.

드디어.

세상 밖으로 나가는 날이다.

몇 년이나 오매불망 기다려 왔던…….

*   *   *

진자강은 산을 완전히 내려가기 전 보이는 냇가에 들렀다.

거기에서 수면에 비친 자기의 모습을 보곤 저도 모르게 흠칫 몸이 굳었다.

온통 굳은 피로 피 칠갑을 하고 있는 모습이다.

"하하……."

진자강은 쓴 미소를 지었다.

그 멧돼지가 아니었다면 진자강은 살의에 휩싸여 미쳐 날뛰었을지도 모르고, 그러면 지금 진자강이 뒤집어쓰고 있는 피는 멧돼지의 피가 아니게 되었을 수도 있다.

"후우."

진자강은 고개를 흔들어 상념을 털고 물을 마셨다.

차갑고 개운한 물맛은 진자강의 전신 털을 모두 곤두서게 만들 정도로 개운했다. 갱도에서 내내 마셔 왔던 썩은 독수는 생각만 해도 욕지거리가 나올 정도였다.

진자강은 쓸쓸한 웃음이 나왔다.

고작 물 한 모금에 이렇게 살아 있다는 것을 실감하게 될 줄 몰랐다.

진자강은 몸을 씻으며 자신의 몸을 이리저리 보았다. 달빛 아래였지만 자기의 몸을 직접 보는 건 몇 년 만에 처음이라 무척이나 어색했다.

진자강은 더 이상 솜털이 보송했던 어린아이가 아니다.

수염이 났고 체모가 자랐다. 키도 커졌고 가슴이며 복부, 팔다리에 적당한 근육까지 있었다.

열한 살 나이가 아닌 다 자란 성인이었다.

진자강은 가슴 한편이 저릿했다.

아이와 어른, 그 중간에 있었을 자기의 모습은 이제 없다.

다리가 뚝 끊어진 것처럼 자신의 인생에서 사라져서 영원히 볼 수 없게 된 것이다.

진자강은 한참 동안이나 자신의 모습을 어색하게 살펴보았다.

*　　　*　　　*

오래전 일이었지만 단산촌으로 내려가는 길은 확실히 기억에 남아 있었다.

다만 어린아이의 걸음으로 쟀던 거리 감각이라 어른이 된 지금의 걸음과 달라 조금 더 짧게 느껴졌을 따름이었다.

단산촌 마을 입구에 도착했을 때에는 아직 동도 트기 전인 새벽이었다.

그러나 지금 시간이면 슬슬 밥 짓는 연기도 나고 해야 할 텐데, 마을에서는 좀처럼 인기척이 느껴지지 않는다.

진자강은 잠시 고민하다가 마을로 들어섰다.

마을은 오래전부터 사람이 살지 않았던 듯 을씨년스러웠다. 여기저기 방치된 집들뿐이었다.

진자강은 기억에 의지해 첫 번째 아이의 집으로 향했다.

그 집은 아무도 살지 않는 폐가가 되어 있었다. 부서져 떨어진 문짝과 마당의 무성한 잡초가 오래전부터 사람이 살고 있지 않았다는 걸 보여 주고 있었다.

진자강은 잠시 집 안을 둘러보다가 마당의 흙을 파서 아이의 유골을 묻어 주었다.

"미안하다."

아이를 위해 작은 무덤을 만든 진자강은 짧게 합장을 하고 집을 떠났다.

무덤을 만드느라 시간이 제법 지나서인지 이미 동이 튼 아침이 되었다.

마을 중앙에 있는 두 번째 아이의 집도 상황은 마찬가지였다. 흉물스러운 폐가가 되어 있었던 것이다.

진자강은 의아했지만 어차피 지금에 와서 자기가 더 해줄 수 있는 일은 없었다. 그저 그곳 마당에도 아이의 유골을 묻고 명복이나마 빌어 줄 수밖에……

사실은 아이들의 가족들을 만나는 것이 불편했기 때문에 만나지 않았으면 하는 생각도 있었다. 그러나 이런 식으로는 아니었다.

'대체 무슨 일이 생긴 거지?'

세월이 한참 지났기 때문에 추측하기도 어려웠다. 하다 못해 진자강은 갱도에서 몇 년이나 갇혀 있었는지도 모르고 있었으니 말이다.

진자강이 의문을 가진 채 폐허가 된 단산촌을 벗어나고 있는데 아까까지 보이지 않던 담벼락에 사람의 모습이 보였다.

칠팔십 대로 보이는 거지꼴의 노부인이었다. 뭘 먹고 살았는지 피골이 상접해서 거의 해골이나 다름이 없었다.

노부인은 허공을 향해 뭐라고 계속 말을 하고 있었는데, 진자강이 들어 보니 이상한 얘기였다.

"어렸을 때 우리 엄마가 나 예쁘다고 머리를 땋아 줬어. 그런데 내 새끼들은 밥을 안 줘. 늙었다고 날 무시하는 거야. 우리 영감만 살아 있었어도 누가 날 무시해!"

노부인은 정신이 나간 듯 발을 동동 구르면서 횡설수설하고 있었다.

"영감 보고 싶어. 영감이 있어야 내가 이런 꼴을 안 당하지."

노부인은 훌쩍훌쩍 울었다.

진자강은 잠시 노부인을 보다가 그냥 갈 길을 갔다. 안타깝지만 미친 노부인을 위해 진자강이 해 줄 수 있는 일은 없었다.

절룩절룩.

진자강은 예전보다는 덜했지만 무의식적으로 다리를 절면서 걷고 있었다.

한데 진자강이 걷는 모습을 가만히 보고 있던 노부인의 눈이 점점 커지더니 얼굴이 일그러졌다.

"저놈이야!"

앙칼진 외침에 진자강이 고개를 돌아보았다.

노부인이 진자강을 향해 손가락질을 하며 갈라진 목소리로 소리를 질렀다.

"다리를 절던 꼬마! 저놈이 팔 년 전에 우리 마을에 재앙을 가져온 놈이야!"

진자강은 가슴이 섬뜩해졌다.

'팔 년이라고?'

막연하게 시간이 꽤 지났을 거라고 생각했는데 그렇게까지나 지났을 줄은 몰랐다.

아니, 정신이 나간 노부인의 이야기니까 팔 년이 맞는지 아닌지 확신할 수는 없다. 진자강은 애써 심호흡을 한 후 노부인을 쳐다보았다. 노부인은 눈을 시퍼렇게 뜨고 진자강을 노려보았다.

"네가 우리 마을에 액운을 가져왔어! 당장 저걸 사지결

박해서 불태워 버려야 해, 이 소마귀!"

진자강이 노부인이 하는 말을 들어 보기 위해 가까이 다가가자 갑자기 노부인이 달려들었다.

진자강은 노부인을 피할까 하다가 관두었다. 노부인이 진자강의 손을 깨물었다.

콱.

어찌나 세게 손등을 물었는지 뼈까지 이빨이 박혔다.

진자강은 조금 미간을 찌푸렸을 뿐 비명도 지르지 않고 있었다.

그 상태로 얼마나 지났을까?

노부인은 진정이 좀 되었는지 진자상의 손에서 입을 떼었다.

노부인의 입에는 진자강의 피가 흥건했다.

노부인의 눈동자가 살짝 정상적으로 돌아왔다. 노부인은 자신이 문 진자강의 손과 진자강의 얼굴을 차례로 훑어보더니 몸을 움츠렸다.

"으히힉. 난 아냐. 내가 잘못했어. 나는…… 나는."

너무 겁에 질려 있어서 무슨 말을 해도 소용이 없을 것 같았다. 진자강은 말을 하지 않고 가만히 노부인의 옆에 앉아 기다려 주었다.

시간이 좀 지나자 노부인이 더 이상 몸을 떨지 않고 가만히 진자강의 눈치를 살폈다.

"왜…… 돌아왔어?"

이제야 최소한의 의사소통이 될 정도로 정신을 차린 모양이었다.

진자강은 노부인을 자극하지 않도록 최대한 부드럽게 말했다.

"죽은 애들 유골을 가져왔어요."

노부인은 팔 년 전의 시간에 기억이 멈춰져 있는 듯했다. 눈을 끔벅끔벅하더니 금세 이름을 기억해 냈다.

"왕삼이와 동구?"

"네."

"걔들 엄마 아빠는 다 죽었는데."

"왜 죽었어요?"

"석림방이……."

노부인의 눈동자가 급격하게 돌아가면서 눈썹이 마구 떨렸다.

"죽였어. 애고 어른이고. 내 아들과 며느리까지…… 나는…… 너무 무서워서 숨었어……."

노부인이 돌연 울면서 비명을 질렀다.

"끼아아아! 내 손자까지 다! 다 죽었어!"

노부인은 반백의 머리칼을 쥐어뜯었다. 쥐어뜯긴 머리카

락에 피가 묻어났다.

"날 죽여! 차라리 날 죽여라 이놈들!"

진자강은 노인이 진정될 때까지 기다렸다. 노부인은 희번덕대는 눈으로 말을 마구 쏟아 내다가 힘이 떨어지자 목소리가 잦아들었다.

"다…… 다 죽고 나만 살았어……."

"그게 팔 년 전이에요?"

"응…… 눈이 여덟 번 왔어."

그 팔 년간 이렇게 혼자서 지내 왔던 것일까?

진자강은 마음이 아팠다.

마구 흔들리고 있는 노인의 손을 양손으로 잡아 주었다.

노인은 흠칫하며 진자강을 쳐다보았다. 진자강이 고개를 끄덕였다.

"그동안 많이 힘드셨죠?"

그 말에 노부인은 진자강을 쳐다보았다.

노부인이 중얼거렸다.

"영감?"

진자강이 물었다.

"할아버지 보러 가실래요?"

노부인이 아이처럼 고개를 마구 흔들었다.

"싫어."

"왜요?"

"무서워서……."

"뭐가요?"

"영감한테 혼나. 애들 다 죽고 나만 살아서."

"할아버지도 이해하실 거예요."

노부인은 또 몸을 떨었다. 그러다가 순진한 눈빛으로 진자강을 쳐다보았다.

"석림방은 왜 우리를 죽였을까?"

진자강은 노부인의 손을 다시 잡아 주었다.

"제가 물어보고 올게요."

"안 돼, 그러면 또 와서 우릴 괴롭힐…… 거야."

노부인의 목소리는 점점 작아지고 있었다. 목소리뿐만 아니라 몸도 점차 기울어 갔다. 눈빛도 힘을 잃어 갔다. 진자강의 손을 물었을 때 노부인은 이미 중독되어 있었다.

노부인이 순간 고꾸라지다시피 기운을 잃고 넘어갔다. 진자강은 노부인이 넘어지지 않도록 붙들어 주었다.

노부인의 눈에서 생명의 빛이 꺼져 가고 있었다.

"석림방……이 다시 올까 봐 무서워……."

진자강이 노부인을 안았다.

"석림방은 다신 할머니를 괴롭히지 못할 거예요. 그놈들은……."

진자강은 이를 꾹 깨물었다.

"그놈들은 이제 세상에서 사라질 거니까요."

진자강의 그 말을 들었을까?

노부인은 쭈글쭈글한 얼굴에 희미한 미소를 지으며 숨이 끊어졌다.

툭.

애써 참고 있던 진자강의 눈에서 눈물 한 줄기가 흘러내렸다.

　　　　　*　　　　*　　　　*

진자강은 노부인을 묻어주고 당산촌을 떠났다.

"석림방!"

진자강은 으드득 소리가 날 정도로 이를 갈았다. 석림방의 이름을 되뇌는 것만으로도 화가 치밀어 가슴이 뜨거워졌다.

석림방은 살아 있는 이들을 생매장시킨 것으로도 모자라 증거를 없애기 위해 단산촌에서 살인멸구(殺人滅口)까지 자행한 것이다.

팔 년이나 지났지만 달라진 것은 아무것도 없었다.

세상은 너무나 많은 악(惡)으로 가득 차 있었다. 뿌리까지 뽑아 없애 버리기 전에는 결코 사라지지 않는 악이!

쓸어버려야 한다.

진자강은 주먹을 꾹 쥐었다.

복수.

모친과 외조부, 백화절곡 그리고 나아가 약문 전체의 복수행을 시작할 때다.

복수행이 완전히 끝날 때까지 진자강은 멈추지 않을 것이고, 석림방은 그 첫 본보기가 될 터였다.

*　　　*　　　*

곤륜황석유는 진자강이 쓸 수 있는 최강의 힘이었고 매우 강력한 독이었으나, 상당량을 소모한 탓에 거의 남아 있지 않았다.

때문에 이 독은 최대한 아껴야 했다.

언제까지 곤륜황석유에 의지할 수 없다는 건 잘 알고 있었다.

하여 강해질 수 있는 방법을 스스로 강구했다. 갱도 안에서도 정을 쪼면서 쉬지 않고 심법을 시도했고, 자면서까지 운기호흡을 했다.

하나 굳어 버린 기혈 때문에 무공은커녕 단전에 내공도

쌓을 수는 없는 몸인 진자강이다.

그래도 진자강은 포기하지 않았다. 지난 팔 년 동안 약문의 동도들이 알려 준 비전 중에 할 수 있는 모든 방법을 시도했다.

그리고 마침내 진자강은 새로운 방법을 터득했다.

단전에 내공이 아닌 독을 채우는 방법을!

세상에는 수많은 독이 존재한다.

하다못해 길가에 핀 철쭉조차도 대량으로 복용하면 사람을 사망에 이르게 하는 독을 갖고 있다.

진자강은 백화절곡과 약왕문의 비급, 그리고 약문의 마지막 생존자들을 통해 온갖 초목의 효능과 부작용을 함께 배웠다.

진자강은 그 지식들을 이용해 독기를 품은 초목을 섭취함으로써 체내에 독을 쌓아 이용할 수 있게 된 것이다.

하여 지금 진자강의 단전에는 곤륜황석유의 독기 외에 또 다른 독 기운이 채워져 있었다.

갱도에서 내내 먹은 풀과 물에 함유되어 있던 단사의 정제된 독기였다.

第二章

석림방

　진자강은 마을에서 그리 멀리 떨어지지 않은 석림방의
근거지를 찾았다.

　석림방의 장원은 구불구불 흐르는 홍강을 따라 지어진
집들의 끄트머리에 자리하고 있었다.

　진자강은 석림방의 정문이 보이는 곳의 집 담벼락 그늘
에 앉았다. 누가 봐도 겉모습이 거지꼴이었으므로 진자강
을 유심히 보는 이는 거의 없었다.

　그 상태에서 진자강은 가만히 앉아 지켜보기만 했다.

　며칠을 같은 자리에서 동냥하고 있었지만 묘하게도 진자
강의 앞으로는 사람이 지나가지 않았다. 아니, 정확하게 말하자면 석림방의 앞을 지나가지 않는 것이었다.

석림방에 볼 일이 있는 자들만이 앞길을 오갈 뿐이었다.

진자강은 삼 일이나 지나서야 그 이유를 알았다.

한 노인이 진자강에게 밥을 퍼주면서 말해 주었던 것이다.

"타지에서 온 거 같은데, 여기서 동냥해 봐야 아무도 안와."

진자강은 말을 못하는 것처럼 노인을 바라보았다. 노인이 혀를 차며 말했다.

"저기 장원에 있는 놈들이 워낙 흉포한 놈들이라 여기 사람들은 이 길을 지나갈 일이 있어도 그냥 멀리 돌아가지."

어찌나 석림방에 대한 민심이 안 좋은지 노인은 말을 하면서도 멀리 석림방의 정문을 힐끔거리며 살피고 있을 지경이었다.

"저런 놈들은 그때 망해 버렸어야 했는데."

진자강이 밥을 손으로 집어 먹으며 무슨 뜻이냐는 의미로 노인을 올려다보았다.

노인이 옛날 일을 생각하며 혼자 주절거리듯 말했다.

"한 칠팔 년 됐나…… 자기들끼리 내분이 나 가지고 싸우고 난리가 났었거든. 아주 시체가 줄줄이 나왔는데……

끄응, 그때 방주도 죽고 뭐 그랬다고 하더군. 나 같은 무지
렁이가 자세한 이유는 모르겠고."

칠팔 년 전이면 진자강이 광산에 갇힌 뒤, 일 년 안에 벌
어진 일이라는 뜻이다.

무슨 일로 내분이 벌어졌을까.

"근데 그 뒤에 무림맹인가 뭔가에 가입하고 그래 가지고
저놈들의 횡포가 예전보다 더 심해졌어. 에잉."

노인은 혀를 찼다.

"알아들었으면 자네도 이 동네를 빨리 떠나는 게 좋아."

그 말을 남기고 노인은 쫓기듯 자신의 집으로 들어가 버
렸다.

진자강은 손가락에 묻은 밥알을 떼어 먹으면서 석림방의
정문을 쳐다보았다.

당금의 위세를 자랑이라도 하듯, 정문은 닫혀 있지도 않
았다. 건들거리는 문지기가 문가에 기대 늘어지게 하품을
하고 있을 따름이었다.

진자강은 석림방의 장원을 노려보았다.

석림방은 없어져야 한다.

그러나 서둘 필요는 없었다.

진자강은 쫓는 입장이었고, 사냥감은 달아나지 않고 계
속 그 자리에 있을 터였다.

'머리는 차갑게, 행동은 빠르게. 마음은 평온하게.'

진자강은 다시금 같은 말을 반복해 외웠다.

계획을 빈틈없이 세우고, 철저하게 이뤄지도록 만들 것
이다. 그래야 원하는 결과를 끌어낼 수 있으므로.

진자강은 이후로도 충분한 계획이 설 때까지 계속 마을
을 돌아다니며 정보를 모았다. 어차피 몸에 난 상처가 아물
시간도 필요했다.

*　　　*　　　*

팔 년 전 석림방은 진자강이 있던 갱도뿐 아니라 수많은
광산을 폭발시켰다.

그런데 그 일이 있고 몇 달 후, 갑작스레 내분이 일어나
문주가 죽고 새로운 문주가 추대되었다. 워낙에 큰 싸움이
벌어져 상당한 수의 문도들이 죽고 인원도 반밖에 남지 않
았다고 했다.

그런데 새로 문주가 된 자가 워낙 방탕하고 놀기만 좋아
해 석림방을 키우는 데에는 별 관심이 없었다. 때문에 이후
에 인원이 딱히 보충되지 않았다는 것이다.

'내분 때 상당한 고수가 죽었다…… 하여 지금 그나마
고수라고 부를 수 있는 자는 새로운 문주까지 세 명. 일반

무사들의 수는 팔십여 명.'

단순 숫자로만 따지자면 예전에 지독문을 공격할 때보다는 훨씬 더 나은 조건이었다.

진자강은 석림방 주변을 돌아다녔다.

석림방 인근의 산에는 토복령(土茯苓)이 잔뜩 자라고 있었다.

토복령은 마와 비슷하게 생긴 덩굴초인데 단사의 독을 해독하는 데에 큰 효과가 있었다.

진자강이 갱도에서 몸에 축적한 독이 바로 단사의 독이다. 석림방은 원래 단사를 다루는 방파니까 그에 대한 해독약을 만들기 위해 토복령을 재배하고 있음이 분명했다.

'단사의 해독제를 가진 문파를 단사의 독으로 쓰러뜨려야 한다라…….'

바위로 바위를 쳐야 하는 상황.

그러나 진자강은 이미 방법을 찾았다.

약문의 생존자들이 전수한 모든 지식들을 머리에 외고 있는 진자강이었다.

진자강은 인근의 숲에서 쑥과 차나무의 잎을 잔뜩 채취했다.

산열매를 미끼로 독을 써서 새도 몇 마리 잡았다.

준비가 되자 슬슬 시작해도 되겠다고 판단한 진자강은

마을로 내려가 석림방의 장원으로 갔다.

*　　　*　　　*

탁, 데구루루.

석림방의 대문을 지키고 있는 문지기의 발 앞으로 대나무 껍질이 굴러왔다.

"뭐야."

문지기는 대나무 껍질을 집고 주변을 휘휘 둘러보았다. 주변에는 아무도 보이지 않았다.

문지기가 대나무 껍질을 확인해 보았다. 안쪽에 글이 새겨져 있었다.

"삼 일 후, 석림방을 접수하러 가겠다……?"

문지기는 글을 읽고도 표정이 바뀌지 않았다.

"뭐야, 이 미친놈은."

별 고민도 않고 대수롭지 않다는 투로 대나무 껍질을 부러뜨려버린 문지기였다.

진자강은 멀리서 그 모습을 지켜보고 있었다.

문지기의 태도는 매우 황당할 정도였다.

제대로 된 문파라면 아무리 사소한 일이라도 위에 보고를 하는 게 우선일 터였다.

그런데 자기 선에서 뭉개 버리고 만 것이다.

이제까지 지켜본 바, 심지어 문지기들은 제시간에 교대하는 일도 거의 없었다.

어떤 때는 일찍 달아나기도 하고, 또 어떤 때는 교대해야할 다음 순번 문지기와 함께 술을 마시러 가기도 했다.

그만큼 방파 돌아가는 꼴이 개판이라는 뜻이다.

본래 진자강은 경각심을 일으켜 그 허점을 비집고 들어가려 했으나, 이 정도로 상태가 해이하면 그럴 필요도 없다.

진자강은 조용히 몸을 숨겨서 석림방의 정문을 피해 옆 담장으로 돌아갔다.

진자강의 손에는 죽은 새 한 마리와 마른 나뭇가지들이 들려 있었다.

담장을 돌고 돌아 석림방의 장원 옆쪽, 다소 거리가 떨어진 공터에 자리 잡은 진자강은 바람의 방향을 확인하고 고개를 끄덕였다.

그러곤 자리에 앉아 불을 피우고 새를 굽기 시작했다.

오늘 당장에 효과를 볼 일이 아니다.

적어도 사흘은 계속 이런 행동을 해야 했다.

*   *   *

석림방의 새 방주가 된 조양은 대낮부터 술을 마시고 있었다.

"하하하! 마음껏 먹어. 마음껏."

부하들과 함께 여자를 품고 술을 마시는 것이 이미 하루이틀이 아닌 듯 다들 고주망태가 되어 퍼마시기에 바빴다.

석림방의 살림을 맡아야 할 총관도 얼큰하게 술에 취한 채 조양에게 물었다.

"아 참, 방주님. 한 달 뒤에 운남 독문 총회합이 있는데 그건 어떻게 하시겠습니까?"

운남의 독문들이 삼 년마다 모여서 정보나 독물을 교류하고 차후의 계획을 세우는 정기적인 모임이었다.

사대 독문뿐 아니라 대다수 중소 독문들이 전부 모이고, 이 회합을 토대로 중원의 독문들과도 교류를 하므로 결코 작은 행사가 아니었다.

그러나 조양은 어차피 그런 일들에는 관심이 없었다.

조양이 손을 휘저었다.

"하던 대로 해. 수행원 열 명에 이것저것 비단이니 뭐니 성의껏 준비시키고 위종 곡주에게 상납할 것만 따로 챙겨놔."

"알겠습니다."

조양은 불룩한 배를 드러내 놓고 널브러지듯 의자에 기대어 술병을 들이켰다.

"음? 술이 떨어졌구나. 술 더 가져와, 술!"

"뭣들 하느냐, 술 가져오라는 방주님 말씀 못 들었느냐!"

"크하하하, 사는 게 뭐 별거 있다고. 먹고 죽어! 먹고!"

조양은 방주가 된 기분을 만끽하고 있었다.

전임 방주인 가흑이 광산을 임시 폐쇄하는 대가로 독곡에서 받은 재물이 한 재산이었다. 게다가 다시 광산을 운영하게 되면서 재정도 부족하지 않았다.

반란을 일으켜 방을 접수한 지 칠 년이 넘었지만 매일 놀고먹어도 여전히 살 만했다.

어차피 부족하면 주변의 촌락에서 빼앗으면 되는 것이다. 게다가 그런 사소한 일이야 아랫놈들이 알아서 하니, 가져와라 마라 따로 신경 쓸 필요도 없었다.

조양은 애초부터 그런 성격이었다. 야망이나 물욕도 별로 없고 되는대로 살아가던 자였다. 외부에서 보면 그런 그가 내분을 일으켜 방주가 되었다는 것이 신기할 정도였다.

곧 무사 한 명이 쟁반에 술병을 얹고 들어왔는데, 갑자기 기침을 했다.

"쿨럭쿨럭."

"으응?"

조양의 취한 눈이 찡그려졌다.

"술맛 떨어지게."

무사가 황급히 엎드렸다.

"죄송합니다. 요즘 갑자기 감기가 유행이라……."

조양의 옆에 있던 고수가 무사를 발로 걷어찼다.

"감기에 걸렸으면 처자빠져 자든가 쉴 것이지, 어딜 들어와!"

와장창.

술병이 다 깨지고 난리가 났다.

무사를 벌벌 떨면서 깨진 병 조각을 주웠다. 그런데도 기침을 했다.

"콜록콜록."

"넌 빨리 꺼지고 술은 다른 놈더러 가져오라고 해!"

사소한 소동이 있었지만 어차피 다들 취한지라 크게 신경은 안 쓰는 모양새였다.

술에 취한 부하 한 명이 말했다.

"그런데 요즘 기침하는 놈들이 많아지긴 했어요."

조양이 코웃음을 쳤다.

"여름에 감기는 무슨 감기야."

"그러게 말입니다. 이게 다 요즘 애들이 빠져서 그래요, 빠져서. 우리 때는 그냥……."

부하들이 맞장구를 쳤다.

"조만간 한번 애들 소집해서 기강 좀 확실히 잡겠습니다."

"그렇게 해. 남들 보기 창피하게 감기가 뭐야? 허약한 놈들, 쯧."

조양은 새로 들여온 술을 마시며 다시 술독에 빠져들었다.

석림방의 해이한 기강도 별로 관심이 없는 조양이었다.

                    *   *   *

"콜록콜록."

석림방의 문지기가 기침을 했다.

"아유, 머리도 띵하고. 벌써 며칠째 왜 이래?"

문지기뿐 아니라 장원 내를 지나가는 무사들도 콜록거리고 기침을 했다.

다들 기침을 하거나 않는 이들이 태반이었다. 지독한 감기가 유행이었다.

문지기는 문득 코가 좀 맵다는 생각이 들었다. 고개를 돌려보니 옆쪽의 담벼락에서부터 연기가 피어오르는게 보였다.

"콜록."

연기가 코에 와 닿자 또 기침이 나왔다.

"아이 씨, 가뜩이나 기침 때문에 귀찮아 죽겠는데 어떤 새끼가 불을 피운 거야?"

문지기가 팔을 걷어붙이고 밖으로 뛰쳐나왔다.

옆 담장을 돌아서 가다 보니 웬 거지 한 명이 불을 피워 개를 굽고 있었다.

매운 연기가 그곳에서부터 바람을 타고 석림방의 장원으로 날아들고 있었던 것이다.

"하? 이 거지새끼 좀 보게? 여기가 어디라고 와서 개를 굽고 있어?"

문지기는 기가 막혀서 대번에 달려가 거지를 걷어차려고 했다. 그런데 가까이 다가가면서 거지가 피운 연기를 마시자 다시 기침이 났다.

"쿨럭!"

거지가 모닥불에 쑥을 한 줌 집어넣고 있는 게 보였다.

"쿨럭, 쿨럭! 야, 임마! 태울 게 없어도 쑥을 태우면 어떡해! 어휴, 매워."

거지는 문지기가 가까이 와서 그러고 있는데도 태연하게 개의 다리를 북 뜯어서 씹어 먹었다.

"너 이놈 당장 안 꺼지면, 쿨럭쿨럭!"

연기가 더 심해졌다.

왜 그런가 했더니 거지가 자신을 향해 마른 덤불로 부채질을 하고 있었다.

"쿨럭쿨럭! 이, 이 어이없는 새……."

계속 기침이 났다. 하도 기침을 해서 눈이 노래지고 머리가 핑핑 돌았다. 거지가 계속 부채질을 해서 연기를 문지기에게 보내고 있었기 때문에 문지기는 눈물이 나서 눈도 뜰수가 없었다.

문지기는 돌연 속이 끓어오르는 것을 느꼈다.

참거나 할 틈도 없이 갑자기 구토가 시작됐다.

"켁켁! 우에엑! 우엑!"

무슨 일인지 알 수도 없었다.

누가 머릿속을 손으로 휘저은 듯 곤죽이 된 느낌이고 속은 엉망진창이었다.

문지기는 제대로 서 있기도 힘들었다. 눈앞에서 연기를 부채질하고 있는 거지의 모습이 둘로 흔들려 보였다.

"쿨럭쿨럭. 우에엑! 그, 그만!"

기침하랴 구역질하랴 숨을 쉴 수가 없었다.

"끅, 끅."

문지기는 목을 부여잡고 바닥을 뒹굴었다. 이제 단순한 기침 정도의 수준은 지났다.

정말로 이러다가 죽는 게 아닌가 싶을 정도였다.

그제야 거지가 부채질을 그만두었지만 문지기의 고통은 전혀 줄어들지 않았다.

문지기는 한참이나 몸을 뒤틀어대며 고통을 호소했다.

"사, 살려……."

하지만 거지는 그저 문지기를 빤히 바라볼 뿐이다.

문지기는 결국 한차례 몸을 떨더니 축 늘어졌다.

거지, 진자강은 문지기의 시체를 내려다보았다.

문지기를 유인해서 죽이기 위해 일부러 눈에 띄게 연기를 피웠다. 거기다 장작에 쑥을 섞어서 연기가 맵게 만들었다.

참으려고 해도 연기 때문에 눈이 매워서 오지 않고는 못 배겼을 터였다.

진자강은 문지기의 상태를 보고 중독 진행 상황을 확인했다.

'이 정도면 충분하다.'

생각한 대로였다.

진자강은 지난 사흘간, 바람의 방향을 따라 내내 석림방의 장원 근처에서 불을 피웠다. 새도 굽고 개도 잡아서 구웠다.

물론 거기엔 단순히 새나 개뿐 아니라 단사의 독이 섞여 있었다.

본래 소량의 단사를 태워 증기를 내는 방식은 치료법 중의 하나다. 종기나 고름을 없애는 약방의 일종으로 쓰이는데, 이를 연훈방이라고 한다.

진자강은 이 연훈방의 방법을 이용해서 독기를 태워 석림방의 장원 안쪽으로 연기를 보냈다.

진자강이 뽑아내는 한 방울의 독액은 열 근의 단사를 달여서 만들 수 있는 독의 양과 맞먹는다. 이미 약으로 쓰일수 있는 수준을 넘어서서 치명적인 독 연기였다.

그렇게 태운 단사의 독 연기가 사흘 내내 석림방의 장원내로 스며들었다. 석림방의 장원 내에 있던 이들은 자기도모르는 사이에 단사의 독연을 흡입해 왔던 것이었다.

기침을 한 것도 감기가 아니라 단사의 독연에 중독된 결과였다.

'이제 슬슬 시작해도 되겠군.'

진자강은 문지기의 시체를 끌고 뒷길로 갔다. 워낙 석림방의 근처를 오가는 사람이 없기 때문에 진자강이 무슨 짓을 해도 볼 사람이 없었다.

진자강은 으슥한 곳에서 문지기의 옷을 벗겨 자신이 입었다.

그러곤 아무렇지도 않게 석림방의 정문으로 가서 섰다.

자기가 문지기 노릇을 하고 있는 셈이었다.

얼마 지나지 않아 술독 네 개를 실은 수레가 왔다. 이것도 진자강이 파악한 바, 이틀에 한 번씩 정기적으로 오는 술수레였다.

짐꾼이 인사했다.

"안녕하십니까, 헤헤."

진자강은 눈을 부라리면서 짐꾼을 노려보았다. 눈이 마주친 짐꾼이 찔끔하며 눈을 내리깔았다.

워낙에 석림방의 행동이 지랄맞기 때문에 술을 배달해 온 짐꾼은 감히 진자강의 눈도 마주치지 못했다.

"꽉꽉 채워 왔겠지?"

짐꾼은 진자강의 목소리가 다소 어리다는 생각이 들었다. 그러나 아무 말도 않았다.

평소와 다른 문지기인 걸 알지만 굳이 따져서 분란을 일으키고 싶지 않았던 것이다.

"무, 물론입죠. 그리고 여기……."

짐꾼이 술이 든 호리병을 내밀었다. 진자강이 관찰한 대로다. 짐꾼이 문을 지날 때마다 문지기에게 술을 상납하는 걸 보아 왔다.

진자강은 호리병을 받으면서 단전에서부터 독기를 끌어올렸다.

진자강의 단전에 있는 독기는 두 가지다. 얼마 남지 않은 곤륜황석유의 비상독과 갱도에서 자연스럽게 축적된 단사의 독이다.

그중에서 얼마 남지 않은 곤륜황석유의 독을 아주 조금, 한 방울도 되지 않는 양을 뽑아냈다.

진자강은 새끼손가락을 깨물어 독액을 뽑아낸 후 호리병에 넣고 흔들었다. 비상을 아주 조금 넣어 술에 희석시킨 것이다.

이어서 술독의 뚜껑들을 하나씩 열어보며 내용물을 확인하는 척하면서 호리병의 술을 조금씩 흘려 넣었다.

비상의 독을 술에 섞었지만 사람을 죽일 수 있는 양은 아니었다. 절대로 비상의 독이 발현하거나 죽거나 해서는 안 되었다. 그래서 일부러 최소량만 섞은 터였다.

작업이 끝나고 나자 진자강은 뚜껑을 닫고 짐꾼을 들여보냈다.

그러고 난 뒤에는 조금도 지체 없이 자리를 떠나 버렸다.

술 배달을 마친 짐꾼은 물론이고 저녁이 되어 교대하러 온 문지기도 원래 있어야 할 자리에 없는 문지기를 찾지 않았다.

평소처럼 조금 일찍 갔구나 하고 생각했을 따름이었다. 그야말로 엉망진창인 석림방의 기강을 보여 주는 단면이었다.

그날 밤 진자강은 평소보다도 더 많은 양의 단사독을 태워 독연을 장원 안으로 날려 보냈다.

*　　*　　*

아침부터 숙취에 머리가 깨질 듯 아팠던 방주 조양은 해를 쬐기 위해 방 창문을 열었다.

문을 열자마자 밖을 지나던 누군가가 기침을 했다.

"쿨럭쿨럭."

눈을 뜨자마자 기침 소리를 듣자 괜히 짜증이 났다.

가뜩이나 석림방 내에 기침을 하고 다니는 이들이 눈에 띄게 늘어난 터였다.

하지만 조양은 문을 닫으려다가 자기도 모르게 기침을 했다.

"쿨럭."

조양의 얼굴이 일그러졌다. 자기도 감기에 옮은 건가?

"에이잉."

조양은 탁자 위에 있는 물을 마시려고 몸을 돌렸다.

비틀.

다리가 꼬이면서 바닥에 무릎을 꿇은 조양이었다. 머리

가 핑 돌고 속이 울렁거렸다.

"끄응, 너무 술을 먹었나."

조양은 신물이 올라오는 침을 삼키며 몸을 일으켰다. 그런데 문득 자신의 눈에 들어온 광경이 너무나 어색해 보였다.

바닥을 짚은 자신의 손등 살갗이 번드르르 한 것이 왠지 모르게 윤기가 흘렀던 것이다.

조양의 나이가 쉰이 넘었다. 게다가 강호에서 내로라하는 고수도 아니다. 늙을 만큼 늙었고 독을 자주 다뤘기 때문에 손도 거칠거칠했다.

그런데 이상하게 지금은 살갗이 이십 대처럼 탱탱한 것 같은 기분이 든다. 아니, 기분 탓만은 아닌 것 같다. 정말로 탱탱하다.

"뭣이여, 이게."

조양은 탁자를 짚고 물을 머리에 부어 정신을 차렸다.

"푸하."

물을 닦느라고 얼굴을 손으로 쓱쓱 문대었는데, 기분이 이상했다.

만져 보니 얼굴도 매끈하다.

기묘한 일이었다.

조양은 동경(銅鏡)을 집어 들고 얼굴을 보려 했다. 그런데 동경을 집은 손이 떨리기 시작한다.

"어어?"

무공을 익힌 무인이 손을 떤다는 것의 의미가 얼마나 큰 일인가는 두말할 필요가 없는 일이다.

조양은 떨리는 손에 억지로 힘을 주고 얼굴을 살폈다.

얼굴이 이삼십 대처럼 팽팽해져 있었다. 그러나 좀 더 자세히 살펴보니 코와 목 주위에는 화상을 입은 것처럼 붉은 반점이 보이고 살갗이 벗겨져 있기도 했다.

조양은 갑자기 등줄기에 식은땀이 났다.

"이런 쌍……."

이유를 알았다.

숙취가 아니다. 갑자기 젊어진 것도 아니다.

중독된 것이다.

* * *

쾅!

조양은 문을 박차고 나갔다.

"다들 모여! 당주들은 다 어디 갔어!"

술에 취한 당주들이 하나둘 대청으로 모이기 시작했다. 그러나 그들의 상태 역시 가관이었다.

"콜록콜록."

"쿨럭쿨럭."

그들 중에도 계속해서 기침을 하는 이들이 섞여 있었다. 얼굴은 대부분 번드르르했는데 일부는 역시나 붉은 반점이 있었다.

"왜 그러십니까?"

"아유, 술 안 깨서 죽겠는데."

조양은 이를 악물었다. 도대체 이런 일이 왜 벌어졌는지 알아야 할 때에 해롱해롱 거리고 자빠졌으니.

"이 멍청한 놈들이 지들이 무슨 꼴이 됐는지도 모르고……! 니들 얼굴을 봐!"

조양의 말에 당주들이 서로를 쳐다보았다.

"어? 자네 회춘했어? 얼굴에 기름이 아주 줄줄 흐르네."

"자네도?"

조양이 소리 질렀다.

"열택안면(悅澤顔面)!"

열택안면은 얼굴이 윤택하고 밝아지는 걸 말한다.

당주들은 어리둥절했다. 그게 뭐가 어쨌느냐는 표정들이었다.

"홍반생창(紅斑生瘡)!"

홍반생창은 살갗에 붉은 반점과 부스럼이 생기는 것이

다.

그래도 명색이 독문의 일파다. 당주들은 자신들의 상태를 깨달았다.

당주 중 한 명이 중얼거렸다.

"홍중독(汞中毒)?"

단사에서 독을 채취하기 위해 단사를 태우거나 정제하다 보면 많이 걸리는 병이다.

처음엔 피부가 윤택해지고 종기가 사라지는 등 좋은 효과가 있으나, 그게 심해지다 보면 궤양이 생기고 결국 죽음에 이르게 되는 무시무시한 병이었다.

그런데 그건 보통 오랜 세월 단사에 노출되다가 걸리는 병이지, 이렇게 갑자기 생기는 병이 아니었다. 지금 당주들이 보이는 증상은 홍중독이 상당히 진행된 상태였던 것이다.

당주들의 표정에 웃음기가 사라졌다.

불안함과 놀람이 교차했다. 어제까지만 해도 없던 증세가 갑자기 생겼다니!

"이게 무슨……?"

"쿨럭쿨럭, 어디서 단사독이 누출되기라도 한 거야?"

조양이 소리 질렀다.

"당장 알아봐!"

무사 한 명이 뛰쳐나갔다.

그사이에 조양을 비롯한 당주들은 해독약을 꺼내 한 알씩 입에 물었다.

그나마 다행인 것은 홍중독이라는 점이었다.

상태가 많이 안 좋은 게 마음에 걸리지만 그래도 홍중독은 토복령을 달여 만든 해독약으로 어느 정도 해독이 가능하다. 토복령은 석림방에서는 대부분이 필수적으로 상비하고 있는 해독약이었다.

"도대체 어떻게 독을 관리하기에 그래!"

조양이 노발대발했지만, 곧 돌아온 무사는 어안이 벙벙한 얼굴로 전혀 의외의 보고를 해 왔다.

"독 관리에는 전혀 문제가 없습니다. 모두 밀봉된 채로 잘 보관되어 있습니다."

"뭐?"

당주들도 영문을 알 수가 없는 노릇이었다.

"말이 안 되잖아! 실수로 조금 흘렸다손 치더라도 그렇지! 누가 일부러 독을 풀지 않고서야……."

갑자기 한 당주가 불현듯 들은 이야기를 떠올렸다.

"제가 애들이 떠드는 얘기를 들은 게 있는데 말입니다. 며칠 전에 어떤 이상한 놈이 본 방을 접수하겠다는 둥 했다는 얘기를 들었습니다?"

"뭐?"

"그러고 보니 어제 문지기 한 놈이 달아나서 안 보인다는 애기도 있고……."

어이가 없는 애기였다.

예전이었다면 모를까, 지금의 석림방은 무림총연맹에 가입된 방파였다. 석림방을 건드리는 건 곧 무림총연맹과 대적하겠다는 것과 다름없는 일이다. 조양이 타 문파의 공격이나 분쟁에 대해 별 걱정을 안 하고 매일 흥청망청 노는 게 그래서다.

당연히 조양은 당주의 애기를 일축해 버렸다.

"말이 되는 소리를 해야지. 그런 미친놈이 있다 쳐. 어떤 미친놈이 단사독을 만드는 문파를 단사독으로 공격해? 너 같으면 그러겠냐?"

하지만 조양의 말이 틀렸다는 건 바로 알 수 있게 되었다.

＊　　　＊　　　＊

진자강은 석림방의 장원이 내려다보이는 옆 동산에 올라가 있었다.

돌멩이 하나를 주워 들고 기름을 먹인 마른풀을 감싸 묶었다.

오늘로 나흘째 계속 독연을 피워 날려 보냈다.

어젯밤에는 더 심하게 독연을 피워 댔으니 지금쯤 석림 방은 난리가 났을 것이다. 아침부터 기침을 하는 소리가 장원 밖에까지 들려올 정도였다.

그 정도로 단사의 독에 중독되면 몸을 움직이는 것도 평소와 같지 않아진다. 어느 정도 고수라 할지라도 몸놀림이 둔해지는 것이다.

이제 슬슬 때가 되었다.

행동을 시작할 때.

바람마저도 진자강이 원하는 방향으로 불고 있었다.

진자강은 부싯돌로 돌멩이에 불을 붙였다.

그러곤 심호흡을 했다.

내공을 사용하려는 것이다.

원래 진자강은 기혈과 단전이 굳어서 내공을 몸에 축적할 수 없는 몸이었다. 하나 그렇다고 해서 내공을 아주 쓰지 못하는 건 아니다.

진자강은 망료가 백회혈을 뚫어 준 뒤로 몇 번이나 내공을 이용해 왔다. 다만 그것을 의식적으로 이끌어 내는 방법을 몰랐을 뿐이다.

갱도에서 전수받은 내용들로 인해 그 원리를 이해하고

터득하게 된 진자강이다.

진자강은 백화절곡의 심법 구결에 따라 숨을 들이마셨다.

정수리의 백회혈을 통해 조금이지만 시원한 기운이 들이닥쳤다. 기운이 크지 않고 매우 적기 때문에 정신을 최대한 집중해서 기운을 아래로 끌어당겼다. 길게, 하지만 끊어지지 않게 안정된 들숨을 해야 겨우 이어지는 과정이다.

대자연의 기운이 진자강의 우반신(右半身), 극히 비좁게 뚫려 있는 기혈을 통과하며 소량의 내공이 발생했다.

그 기혈에서 대자연의 기운을 계속 순환시키자 내공이 일정량 불어났다. 보통의 무인들이 전신의 기경팔맥을 모두 이용해 운기(運氣)하는 것에 비하면 이것은 소주천(小周天)이라고 부르기에도 민망한 수준이었다.

남들처럼 연속으로 사용하지도 못하고, 한 호흡 동안 모을 수 있는 한 줌 대자연의 기를 백회혈로 받아들여 일회성으로 사용할 수 있을 따름이다.

남들은 끓인 물을 저장해 놨다가 필요할 때 꺼내 쓰는데, 진자강은 매번 물을 길어다가 새로 끓여서 쓰는 것이나 다름이 없었다.

하지만 이마저도 오랜 연습 끝에 얻어 낸 귀한 결과였다. 이 약간의 내공으로 오른팔과 오른쪽 다리의 힘을 평소보다 강하게 낼 수 있었으니.

여하간에 내공을 아예 쓰지 못하는 것보다는 훨씬 나았다. 갱도를 뚫으며 망치질을 할 때에도 종종 이 힘을 이용할 수 있었으니까.

이제 지금 그 힘으로 돌멩이를 석림방의 장원까지 던질 생각이다.

평소의 근력으로는 절대 던질 수 없는 거리였다.

진자강은 만들어 낸 내공을 오른팔로 이동시켰다. 오른팔에 다소 기운이 솟았다.

호흡을 멈춰서 오른팔에 흐르는 내공이 흩어지지 않게 막은 채로 불이 붙은 돌멩이를 들었다.

혼천지에서 단련된 강인한 피부는 잠깐 동안 불붙은 돌멩이를 집고 있어도 충분히 버틸 수 있게 해 주었다.

진자강은 있는 힘껏 돌멩이를 던졌다.

내공으로 힘을 더한 돌멩이는 빠른 속도로 장원을 향해 날아갔다.

장원의 대청 지붕으로.

* * *

석림방의 장원, 조양과 당주들이 대책 회의를 하고 있는 중에 갑자기 머리 위에서 청명한 음이 울렸다.

따앙!

"뭐야!"

조양과 당주들은 놀라서 대청 밖으로 뛰쳐나왔다.

불붙은 돌멩이가 대청 지붕 위를 굴러다니고 있었다. 기름을 먹었는지 지붕에 불이 옮겨붙으려는 중이었다.

"불 꺼!"

급한 대로 실력이 좋은 고수 한 명이 지붕으로 뛰어 올라갔다. 그러나 몸이 온전치 않은지 지붕 위에서 기우뚱거리며 자세를 잘 잡지 못했다.

그 와중에도 불붙은 돌멩이를 차서 마당으로 떨어뜨리긴했지만, 기왓장이 와르르 무너지는 바람에 그 역시 미끄러지며 함께 떨어졌다.

고수라는 자치고는 볼썽사나운 일이었다.

쿠당탕!

"끄으."

지붕에서 떨어지면서 낙법도 못 하고 발목이라도 부러진건지 고수는 제대로 움직이지도 못하고 있었다.

"이이이……."

조양은 화가 나서 얼굴이 벌게졌다.

그러나 욕을 할 수도 없었다. 홍중독이 되면 감각이 둔해져서 저런 일이 일어날 수도 있었다.

그만큼 모르는 사이에 심하게 중독이 되었다는 뜻이니 더 좋지 않은 상황인 것이다.

"이게 도대체 어떻게 돌아가는 거야!"

조양이 정신을 수습하기도 전에 또다시 사건이 벌어졌다.

"방주님, 방주님! 쿨럭쿨럭. 정문에 웬 놈이…… 쿨럭쿨럭."

조양은 당주들과 함께 정문으로 달려갔다.

정문에 석림방의 무사들이 대거 몰려 있는 가운데, 물지게를 어깨에 진 거지 한 명이 정문으로 들어서고 있는 중이었다.

그 와중에도 무사들의 사이에서 밭은기침이 계속 튀어나와 조양의 신경을 거슬리게 했다.

"뭐야, 저 거지 놈은!"

하지만 그냥 거지라고 우습게 볼 일만은 아닌 것이, 일차로 거지를 막아야 할 문지기가 제 할 일을 하지 못하고 쓰러져 있는 게 보였던 것이다.

진자강은 정문을 넘어서자 어깨에 짊어진 물지게를 내려놓았다. 물지게의 양쪽 끝에 매달린 항아리를 떼어 자신의 양옆에 놓고 항아리의 뚜껑을 열었다.

항아리에서 뭉클 연기가 피어올랐다.

바람이 정문에서 내원 쪽으로 불고 있어서 연기가 저절로 조양들 쪽으로 향했다.

"컥컥!"

연기에 닿은 일반 무사들이 목을 잡고 괴로워했다.

조양은 깜짝 놀라서 뒤로 물러났다. 당주들도 심상치 않은 기분을 느끼고 함께 물러섰다. 무사들도 마찬가지였다.

진자강은 넓적한 잎사귀를 모아 만든 부채를 꺼냈다. 그러더니 무표정한 얼굴로 연기를 부쳐서 석림방 이들 쪽으로 밀어냈다.

조양은 연기가 닿자 이상한 기분이 들었다. 왠지 목이 칼칼하고 입에서 단맛이 느껴졌다. 재빨리 소매로 코와 입을 가리고 옆에 있는 당주의 옆구리를 찔렀다.

"뭐하는 놈인지 알아봐."

얄쌍한 얼굴의 당주가 똥 씹은 표정으로 조양을 쳐다보고 앞으로 나왔다.

"어디서 온 놈⋯⋯."

진자강이 부채질을 더 세게 했다. 얄쌍한 얼굴의 당주가 말을 하다 말고 연기를 맡아 기침을 했다.

"쿨럭쿨럭!"

급기야는 크게 토했다.

"우에엑!"

화들짝 놀란 조양과 당주들이 급히 뒤로 뛰었다. 얼굴이 얄쌍한 당주는 내장까지 쏟을 기세로 토하다가 급기야 바닥에 널브러져 버렸다.

조양이 입을 가린 채로 외쳤다.

"소협은 어디서 온 고인이시기에 본 방에 이런 짓을 하는 것이오!"

진자강이 계속해서 독 연기를 보내고 있었기에 무사와 당주들의 기침 소리는 점점 더 심해져 갔다.

"쿨럭쿨럭!"

급해진 조양이 다시 소리쳤다.

"왜 이러시는지 이유나 압시다! 쿨럭쿨럭, 뭔가 오해가 있으신 모양인데 말로 합시다. 말로!"

진자강은 그제야 부채질을 멈추었다.

그렇다고 해서 바람의 방향이 바뀐 건 아니었으므로 항아리에서 뿜어져 나오는 연기는 계속해서 조양들 쪽으로 불고 있었다.

"말로 하자 하였습니까?"

진자강의 음성을 들은 조양의 눈이 일그러졌다.

'젊은 놈?'

아니, 젊은 것도 아니고 어린놈이다.

조양이 대답을 않고 노려보자 진자강은 그런가 보다 하는 투로 말했다.

"아직 말로 할 준비가 되지 않은 모양입니다."

진자강이 부채질을 하려 하자 조양이 손을 흔들었다.

"아니오, 아니오."

진자강은 부채질을 멈추고 조양을 빤히 쳐다보았다. 그러나 별말을 하지 않았기 때문에 속이 타는 것은 조양이었다.

말없이 서로를 쳐다보고 있는 묘한 상황.

조양은 속으로 열불이 났지만 당장은 주도권을 가진 것이 진자강이다.

진자강은 조양이 말을 않자 다시 부채질을 시작했다.

마음이 급해진 조양이 소매로 입을 틀어막고 소리쳤다.

"잠깐 기다리시오!"

진자강이 부채질을 멈춘 사이 뭐라도 말해야 하는 조양이었다.

"그러니까…… 우리 방파와는 무슨 원한이 있어서…… 으음. 우리는 누구와 원한을 지고 살지 않는데, 그러니까 혹시나 잘못 알고 오신 건 아닌지……."

진자강의 성질을 건드리지 않으면서 말을 하려니 자연히 말이 꼬였다.

진자강이 대답했다.

"잘못 알고 왔는지도 모른다고 하니 그럼 한 가지 물어 보겠습니다."

"그러시오. 가급적이면 짧게……."

"왜 그랬습니까?"

"네?"

조양은 자기도 모르게 네? 하고 묻고 말았다. 그만큼 어이가 없는 질문이긴 했으나, 방주의 체신에 걸맞지 않은 말투였다.

"아니, 짧게 물어보라고 했다고 그렇게 짧게 물어보면 내가 뭐라고 할 말이……."

"팔 년 전에, 약문 일파를 갱도에 몰아넣고 매장시킨 일."

조양을 비롯한 당주들의 얼굴이 어리둥절하다가 갑자기 당황함에 물들었다.

팔 년이나 지나서 갑자기 그때의 일을 물어보면 누구나 당황할 수밖에 없는 일이다.

"무슨 얘기인지 본인은 잘 모르……."

진자강은 조양의 말에 무덤덤하게 말했다.

"내가 지금 태우고 있는 건 단사입니다."

조양과 당주들의 눈썹이 치켜 올라갔다. 역시나 홍중독

이 맞았던 것이다.

그러나 석림방은 본래가 단사를 다루는 방파다. 단사의 독에 이리 쉽게 중독되는 건 말이 안 되었다.

진자강이 말을 계속했다.

"단사를 태운 연기에 이 정도로 심하게 중독이 될 수 있느냐, 궁금할 겁니다."

당주들은 고개를 끄덕이고 싶은 걸 참았다.

"어제 당신들이 마신 술에 비상이 들어 있었습니다."

"비상?"

"비상을 먹고 우리가 멀쩡할 리가……."

하지만 당주들은 몰라도 조양은 금세 깨달았다.

굳이 비상을 사람이 죽을 정도로 쓸 필요가 없다.

단사와 비상은 원래가 상극이다. 같은 상극이라도 어떤 것들은 서로 중화되는 반면에, 단사와 비상은 더 나쁜 쪽으로 상극이라 몸에 끼치는 해악이 극심해진다. 눈치채지 못할 정도로 조금만 써도 그렇게 된다.

조양은 그제야 돌아가는 사정을 깨달았다.

어쩐지 며칠 동안 기침하는 자들이 많아졌다 싶었다.

"이제 안 듯한 표정이군요."

진자강은 며칠 내내 연훈방의 수법으로 단사를 태워 연기를 보내다가 바로 어제 그들에게 비상을 먹임으로써 중상을 급격히 촉발시킨 것이다.

쉽게 말하자면 급성 중독을 일으킨 셈이었다.

하지만 조양의 얼굴 표정은 그리 나쁘지 않았다. 독이라는 건 모르고 당했을 때 최고의 효과가 있는 법이다. 방법이며 독의 종류를 다 알고 나면 그만큼 효과가 반감되기 마련이었다.

비상 때문에 급성 중독이 된 건 예상 못 했지만 어쨌든 그 원인이 단사의 독이라면 그래도 크게 걱정할 일은 아니다.

조양은 단약을 꺼내서 물었다.

이미 몇몇 당주 역시 토복령으로 만든 단약을 한 알 더 깨물고 있는 중이었다. 무사들도 눈치를 채고 재빨리 단약을 꺼내 복용했다.

연기가 유난히 맵고 독한 게 마음에 걸리지만 주독이 단사라면 어쨌든 어느 정도는 해독이 가능하다.

마음이 여유로워진 조양이 진자강을 째려보았다.

"어린놈의 새끼가……."

진자강은 재미있다는 듯 쳐다볼 뿐이다.

조양이 무사들을 향해 손을 들어 명령했다.

"포위해!"

"쿨럭쿨럭."

무사들이 기침을 하며 전진했다.

진자강이 정문을 등지고 있는 데다 연기가 매워 가까이 가는 건 쉽지 않았다. 그래도 포위하듯이 둘러서는 건 가능했다. 일제히 덮치면 제압하는 것도 가능할 법하다.

"흐흐흐."

조양이 비릿한 웃음을 흘렸다.

"단사에 비상이라니, 참 좋은 생각이었다. 하지만 넌 우리 석림방이 뭘 하는 곳인지 잘 몰랐던 것 같구나."

바로 태도가 바뀐 조양이었다.

조양이 연기가 나고 있는 항아리를 가리키며 말했다.

"우리 방은 네가 태우고 있는 바로 그…… 쿨럭, 단사를 이용해 독을 만든다. 당연히 그에 대한 해독약도 준비되어 있지. 크흐흐."

조양이 웃자 당주들도 따라 웃었다.

"흐흐, 쿨럭쿨럭."

"크크크, 쿨럭."

진자강은 수세에 몰렸음에도 표정 하나 변하지 않고 조양을 바라볼 뿐이었다.

조양이 입을 막고 있던 손까지 떼고 여유를 부렸다.

"네 협박은 실패했지만 얘기는 들어 주마. 그래서…… 뭐가 묻고 싶었다고?"

진자강은 조금도 표정이 변하지 않은 채 물었다.

"팔 년 전, 왜 갱도를 무너뜨려서 약문 일파를 생매장시켰습니까?"

"왜? 왜냐고? 그냥 위에서 시키면 시키는 대로 하는 거지 별다른 이유가 있나? 쿨럭쿨럭. 아아, 맞다. 만약 네가 거기 갇힌 놈들의 자손이라도 된다면 오히려 내게 고마워해야 할 것이다."

진자강은 맞장구도, 반응도 보이지 않고 조양을 보기만 했다.

진자강의 눈빛이 마음에 들지 않았는지 조양이 코웃음을 치며 말했다.

"갱도를 폭파시키라고 했던 전임 방주를 내가 죽였으니까 말이지. 내가 네 복수를 해 준 은인이 되는 셈이다. 껄껄껄."

조양은 껄껄 웃다가 목이 메어 쿨럭대고 기침을 했다.

진자강은 조양을 빤히 쳐다보았다.

조양의 변명은 말도 안 되는 소리였다. 어쨌든 갱도를 폭파시키고 약문 사람들을 괴롭힌 것은 전임 방주만이 아니라 조양 등, 석림방 전체가 가담한 일이었다.

진자강이 분노를 참으며 물었다.

"거기에 독곡이 관계되어 있습니까?"

그 말에는 조양이 흠칫했다.

"도대체 그런 말을 어디서 듣고 와 가지고…… 쿨럭. 이놈의 기침이 왜 안 멈추고 쿨럭쿨럭!"

단약을 먹었는데도 계속해서 기침이 난다. 증세가 조금도 호전되는 느낌이 들지 않는다.

조양이 얼굴을 잔뜩 찌푸리면서 명령을 내렸다.

"쿨럭쿨럭, 연기 때문에 기침이 나서 못살겠구나. 저놈을 일단 붙잡아라. 말은 나중에 해야겠다."

第三章
석림방 멸문

　무사들이 진자강의 근처로 다가들었다. 그러나 진자강은 무사들을 향해 부채질을 하는 것만으로 그들의 전진을 막았다.

　"쿨럭쿨럭!"

　진자강에게 가까이 가려던 무사들이 기침을 하고 일부는 구토까지 하며 허둥거렸다.

　몇몇은 비틀거리기도 했다.

　"쿨럭쿨럭!"

　"쿨럭, 컥컥!"

　석림방 무사들에게도 독이 없는 건 아니었지만 바람이

반대라 쓸 수가 없었다.

진자강을 둘러싼 이들에게서 울리는 기침 소리는 더 심해지기만 했다. 조양도 자꾸만 기침이 나와서 참을 수가 없었다.

조양은 해독약을 하나 더 꺼내 먹었다.

그런데 진자강은 그 모습을 보면서도 말리거나 불안해하지 않았다.

그제야 조양은 좀 이상하다는 걸 느꼈다.

아까 처음 앞으로 나섰다가 쓰러진 얄쌍한 당주가 일어나지 않고 있는 것이다. 완전히 축 늘어진 걸 보면 죽었거나 정신을 잃었음에 분명했다.

생각해 보니, 쓰러진 당주도 아까 대청에서 이미 해독약을 먹지 않았는가!

'어?'

뭔가 잘못된 것 같았다.

왜 기침이 멈추기는커녕 점점 더 심해지기만 하지?

'해독약이 듣지 않는 건가?'

어째서?

조양이 눈을 치켜뜨고 진자강을 노려보았다.

불안했다.

"네 이놈! 대체 무슨 수작을 부린 거냐!"

진자강은 아무렇지 않게 되물었다.

"토복령으로 만든 해독약이 잘 안 듣습니까?"

조양은 식겁했다.

'이놈이 어떻게 토복령을 알지?'

조양은 말까지 더듬었다.

"그, 그게……."

"아마 약효가 잘 안 들을 겁니다."

조양은 흠칫했다.

진자강은 자기가 앞에서 연기를 태우고 있는 항아리를 가리켰다.

"이 항아리에 단사의 독뿐 아니라 찻잎을 좀 섞었습니다."

"찻잎?"

조양은 좀 생각을 해 보다가 얼굴을 찡그렸다.

"어?"

찻잎!

토복령은 대체로 순한 약재라 별다른 제약 없이 단사의 해독약으로 쓸 수 있지만 두 가지 경우를 유의해야 했다.

첫째는 간신음휴(肝腎陰虧)다. 간과 신장이 좋지 않은 자는 토복령을 쓰면 안 되었다.

둘째는 엽차불용(葉茶不用). 녹차와 함께 쓰면 안 되었다. 약효가 상쇄되어 버린다. 그래서 석림방에선 차라리 술을 마시지 녹차는 마시지 말라는 얘기를 농담처럼 하고 다닌다.

그런데 정작 진자강이 그 엽차불용을 이용하고 있었다니!

찻잎을 태운 연기 때문에 토복령의 해독 작용이 상쇄되어 해독약이 제대로 작용하지 못하는 것이었다.

'당했다!'

진자강이 일부러 조양들의 앞에 몸을 드러낸 건 찻잎을 태운 연기를 쐬게 하기 위함이었다.

조양은 이를 갈았다.

"우리를 유인했구나!"

진자강은 순순히 대답했다.

"맞습니다."

"그럼 팔 년 전이고 뭐고 얘기를 꺼낸 건!"

"시간을 끌기 위함이라고 해 두죠."

"으으윽!"

처음부터 말할 준비가 안 되었다느니 단사의 독과 비상을 어떻게 썼느니 하던 건 전부 시간을 끌 생각이었던 것이다. 석림방의 이들이 찻잎을 태운 연기를 충분히 흡입하도록 시간을 번 셈이었다.

"쿨럭쿨럭!"

조양은 심하게 기침을 했다. 설상가상으로 기침에 피가 계속 섞여 나오기 시작했다.

항아리는 여전히 단사를 태운 연기를 함께 뿜어내고 있었다.

조양은 자책했다. 해독약만 믿고 연기를 맡으면서 너무 시간을 끌었다. 해독약이 작용하지 않았으니 오히려 중독이 심해졌을 게 분명했다.

사방에서 쿨럭거리는 기침 소리가 계속 나왔다. 토하고 쓰러지는 자들이 속출했다. 급성 홍중독의 특징으로 어지럼증과 균형 감각 상실이 나타나고 있었던 것이다.

조양도 머리가 핑 돌았다.

"제기랄! 무슨 놈의 독이……."

무슨 독이 이렇게 독한지 모르겠다. 그가 아는 단사의 독은 이렇게 독하지 않다.

어쨌거나 지금은 살아야 한다는 생각만이 들었다. 물론 그 생각은 다른 무사와 당주들도 마찬가지였다.

하지만 진자강이 연기를 펄펄 피워 대며 입구를 막고 있으니 그쪽으로는 갈 수가 없었다. 뒤로 나가든 돌아서 담을 넘든 해야 할 터였다.

'살려면 튀어야 한다!'

왜 이런 놈이 일없이 잘살고 있는 자신을 찾아왔는지 억울했지만 그게 그리 궁금하지는 않았다.

지금은 그저 살고 싶을 따름이었다.

조양은 곧바로 뒷걸음질을 치기 시작했다.

조양의 눈치를 보던 당주들도 함께 슬금슬금 물러났다.

진자강은 그 모습을 빤히 바라보고 있었다.

묘하다는 생각이 들었다.

석림방은 진자강의 생각보다 훨씬 더 오합지졸이었다. 하다못해 지독문의 반만큼도 못하다는 느낌이었다. 방주조차도 삼류 건달로밖에 보이지 않는 언행을 보이고 있었으니 말이다.

지독문은 같은 상황에서 대부분이 죽자고 진자강에게 덤벼들었다. 그때를 생각하면 지금 석림방 방주나 무사들의 행동은 정말로 어이가 없을 지경이었다.

당시엔 진자강이 어렸고, 지금은 나이가 들어 어른이 되었기 때문일까?

아니면 진자강이 예전보다 훨씬 더 강해졌기 때문에 그렇게 보이는 걸까.

어느 쪽이든 간에 석림방의 상태가 좋지 않다는 건 사실이었다.

그리고 석림방의 상태가 어떻든, 그들은 죽어야 한다는

것도 명약관화(明若觀火)하다.

진자강은 조금씩 물러나고 있는 석림방 무사들을 보며 입을 열었다.

"단사의 독에 노출되면 입이 헐고 기침이 납니다. 거기서 더 심해지면 이명이 들리고 설사를 합니다. 거기서 보다 더 심해지면 두통이 오고, 마침내는 살갗에 창(瘡)이 생기면서 손이 떨리게 되지요. 그러면 이미 중독 말기로, 끝내는 미쳐 날뛰면서 광인이 되어 죽게 됩니다."

그것은 석림방에서도 잘 알고 있는 사실이다. 하나 자기가 직접 당하는 상황에서 듣는 건 별개의 문제다.

석림방의 무사들은 자기들의 손을 내려다보느라 정신이 없었다. 벌써 태반이 손을 떨었다.

그사이에 홍중독이 더욱 심해져 말기에 이른 것이다.

진자강이 작은 호리병을 들어 올렸다.

지금 같은 상황에서 진자강의 뜬금없는 행동은 석림방의 이목을 끌기에 주효했다.

"궁금하실 겁니다."

진자강의 한마디에 조양은 미치고 환장할 지경이었다.

시간을 끌고 있다는 걸 뻔히 아는데, 그렇다고 뭐가 궁금하다는 건지 물어보지 않을 수도 없었다.

진자강은 되묻기 전까지 대답하지 않겠다는 태도로 조양

들을 바라보고만 있었기 때문에, 조양은 어쩔 수 없이 달아 나기를 멈추고 물어볼 수밖에 없었다.

"쿨럭, 뭐가 말이냐! 뭐가 궁금하다는 거냐!"

진자강이 느긋하게, 하지만 여전히 담담한 어조로 대답 했다.

"여기 있는 나는 왜 중독이 되지 않을까."

그 말에 조양을 비롯한 석림방의 무사들은 벼락이 몸을 관통하는 듯한 기분이 들었다.

무사들이 서로를 마주 보았다.

그렇다.

항아리에서 무럭무럭 피어나고 있는 연기 때문에 자기들 은 죽을 지경이다. 가까이 가기만 해도 토악질을 하고 난리 가 난다. 벌써 몇몇은 바닥에 쓰러져서 일어나지도 못하고 있다.

그런데 왜 정작 항아리 바로 옆에 있는 진자강은 아무렇 지도 않은 걸까?

하다못해 기침조차도 하지 않는 걸까?

석림방 이들의 눈이 한꺼번에 한곳으로 쏠렸다.

진자강이 들고 있는 호리병.

말을 하지 않아도 그 호리병에 비밀이 있음에 틀림없었 다.

해독약! 저게 해독약이다!

그것도 자기들이 갖고 있는 토복령보다 훨씬 더 효과가 좋은!

진자강은 호리병의 마개를 열고 보란 듯 한 모금을 마셨다. 그러더니 호리병을 들고 뒤로 걸어갔다.

정문의 문간에 호리병을 내려 두고 다시 돌아왔다. 호리병까지 가는 길에 진자강이 막고 있는 형국이었다.

모든 이들의 시선이 진자강의 뒤에 놓여 있는 호리병을 향한 건 당연한 일이었다.

진자강은 연기를 뿜고 있는 항아리 옆에 서서 눈을 감았다.

진자강이 조용히, 하지만 모두에게 들릴 정도로 또박또박 말을 했다.

"누구든, 나를 지나가면 사는 겁니다."

석림방 무사들이 움찔했다.

작은 호리병이다. 몇 명이나 마실 수 있을지 모르는 양이다. 진자강을 죽이고 넘어가더라도 늦으면 호리병의 해독약을 마실 순번이 오지 않는다.

먼저 덤벼도 죽을 확률이 높지만 뒤늦게 덤벼도 해독약을 못 먹고 죽는다.

무사들이 서로 눈치를 보는 동안 진자강은 천천히 숨을

고르고 눈을 떴다.

그때에 진자강의 눈에서는 이전의 담담함과는 다른 막대한 살기가 폭사되어 뻗어 나왔다.

"으윽!"

무사들이 놀라서 주춤거렸다.

소름 끼치도록 맹수 같은 사나운 눈빛이었다.

지난 팔 년.

진자강이 참고 참아 왔던 분노를 조금의 여과도 없이 그대로 드러낸 것이다.

으드득, 으드득.

진자강은 이가 부러져라 갈았다.

"와라. 단 한 놈도 보내지 않겠다."

무사들은 얼어붙었다.

손에 든 거라고는 나뭇잎을 묶어 만든 부채 말고는 아무것도 없는 진자강 한 명에 팔십 명 가까운 무사들 전체가 압도당하고 있었다.

조양은 방탕하고 무능력한 자였지만, 때를 알았다.

그가 반란을 일으켜 방주가 된 것도 움직여야 할 때를 알았기 때문이다.

조양이 소리쳤다.

"어차피 이판사판이야! 먼저 넘어가는 놈에게 해독약의

우선권을 주겠다! 한꺼번에 덤벼들어!"

기가 죽어 눈치만 보던 석림방 무사들이 이를 악물었다.

"죽여!"

"적은 한 명뿐이야!"

석림방 무사들이 칼이며 몽둥이를 들고 진자강에게 달려들기 시작했다.

기침을 하는 자들이 많아 공세는 약했지만 그래도 거의 이삼십 명에 가까운 인원이 한꺼번에 진자강을 향해 밀려들었다.

진자강은 이미 이 같은 상황을 예견하고 있었다. 얼마 남지 않은 비상의 독을 충분히 이용하기 위해서 최적의 상황을 스스로 만든 것이다.

비상의 독을 새끼손가락으로 끌어 올려 이빨로 물어뜯었다. 그리고 새끼손가락에서 떨어지는 피와 독액을 항아리에 떨어뜨렸다.

연기가 확 피어올랐다.

진자강은 그 위로 부채질을 했다.

연기가 바람을 타고 쉽게 석림방 무사들에게 퍼져 나갔다.

중독이 느리게 걸리고 다소 치명적이지 않은 단사독에 비해 비상독은 훨씬 효과가 빠르고 즉각적이었다. 덤벼들던 석림방 무사들이 비상의 독 연기를 맡자마자 대번에 전열이 무너졌다.

"으아악!"

"쿨럭쿨럭, 킥킥!"

가뜩이나 기침 때문에 호흡이 쉽지 않았던 무사들은 비상의 독연에 숨이 막혀서 더욱 고통스러워했다. 달려오다 말고 고꾸라져서 바닥을 굴러다니며 고통을 호소했다.

뒤에서 달려오던 자들끼리 엉키거나, 바닥에 넘어진 자들에게 걸려 넘어지면서 상황은 더욱 난장판이 되었다.

며칠 내내 단사를 태운 독연에 중독이 되어 몸이 둔해진 탓도 있기에 무사들의 움직임은 더욱 엉망이 되어 있었다.

"우에엑!"

"쿨럭쿨럭."

그야말로 엉망진창.

팔 년 전, 갱도에서 진자강이 느낀 석림방은 이 정도로 허술하지 않았다. 갱도 내에서조차 최소한 규율이 있었고 규율을 지키며 움직였다.

고작 방주 한 명 바뀌고 칠 년이 지났는데 이리된 것일까?

하지만 진자강은 그에 대한 의문은 차치하고서라도 이들에 대한 조금의 연민도 갖고 있지 않았다.

석림방은 팔 년 전에도, 지금도 여전히 악행을 일삼는 무리였다. 동정 따위는 전혀 할 필요가 없었다.

"으아아!"

단사며 비상의 독이며 마구잡이로 노출된 무사들은 얼굴을 감싸 쥐고 칠공에서 진물을 흘리며 나뒹굴었다.

순식간에 그 수가 절반이 넘어갔다. 나머지 절반은 당장에 죽진 않았어도 무기력해져서 진자강을 공격할 만한 상태가 아니었다.

그래도 그중 중독이 좀 덜된 한둘은 진자강의 앞까지 어떻게 다가오기는 했다.

진자강은 항아리에 쑥을 집어넣었다.

지지직.

쑥이 타면서 매운 연기가 풀풀 풍겨 나왔다. 석림방 무사들이 제아무리 눈을 부릅뜨려 해도 눈물이 나와 눈을 뜰 수가 없었다. 앞을 볼 수가 없으니 달려들 수도 없다.

"으으윽!"

무사들은 눈물을 줄줄 흘리면서 앞이 안 보여 허우적거렸다.

진자강은 그들이 떨어뜨린 칼을 주웠다. 칼자루를 꽉 쥐고 무사들에게 다가갔다.

그러곤 조금의 흐트러짐도 없이 허둥대는 무사들의 목을

첬다.

칼을 쥔 것은 처음이나 다름없었지만 오랜 세월 정과 망치를 들고 바위를 쪼갠 덕에 악력은 어지간한 성인 이상이었다.

"으아악!"

"크악!"

무사들이 피가 줄줄 흐르는 목을 붙들고 쓰러져 갔다.

한데 그것이 오히려 진자강에게는 안 좋은 영향을 가져왔다.

진자강이 칼질하는 모습을 본 조양이 진자강의 무공 실력을 알아챈 것이다.

'초심자다! 칼질을 할 줄 모르는 놈이야. 무공이 낮아.'

초식도 없고 마구잡이였다. 칼의 궤적도 제각각이었다. 무사들에게 입히는 상처도 깊으며 너비가 전부 달랐다. 심지어 한 번에 죽이지도 못한다.

고수라면 저런 칼질은 하지 않는다!

조양이 때마침 자신과 같은 생각을 한 당주 한 명과 눈이 마주쳤다.

조양이 그에게 눈짓을 했다.

살아 있는 석림방의 당주 중에서 그래도 세 손가락 안에 꼽히는 실력을 가진 당주 모개였다.

모개는 길이가 한 자가 넘는 긴 꼬챙이를 무기로 썼는데 당연하게도 그 꼬챙이에는 단사독이 잔뜩 묻어 있었다.

꼬챙이가 상대의 무기에 부딪칠 때마다 단사독이 공중에 퍼져서 부지불식간에 적이 중독되게 하는 수법을 주로 썼다. 단사독 때문에 상대는 동작이 점점 굼떠져서 결국엔 모개의 손에 죽임을 당하게 되는 것이다.

모개는 거의 필요 없게 되긴 했지만, 그래도 토복령으로 만든 단약을 입에 물고 진자강을 향해 쇄도했다.

진자강은 무사들을 하나씩 베어 가다가 갑자기 피부가 저릿해질 정도의 살기를 느끼고 고개를 들었다.

모개가 빠르게 달려오고 있었다. 진자강이 급히 뒤로 물러나 부채질을 했다. 모개는 연기가 눈에 들어가지 않게 하기 위해 고개를 돌리고 숨을 참았다.

한 번만 숨을 참으면 진자강의 머리통을 꼬챙이로 꿰뚫어 버릴 수 있는 시간을 얻게 되는 것이다.

모개가 허공으로 떠오르며 몸을 핑그르르 돌렸다. 연기를 사방으로 흩어버리고 한순간에 진자강의 머리 위까지 날아갔다.

"죽엇!"

모개는 공중에서 진자강의 머리통을 그대로 찍어 버렸다. 손이 떨려서 정확히 정수리를 찍지는 못했지만 그래도 머리통 어디든 박히지 않겠는가. 머리통 어디든 쇠꼬챙이가 박히면 철두(鐵頭)가 아닌 이상에야 죽을 테고 말이다.

하지만 진자강은 모개의 공격을 모두 보고 있었다.

진자강은 분명히 강해졌다. 정신적으로든 신체적으로든.

갱도에서의 지루한 바위 깨기를 팔 년이나 하는 동안, 수없이 머리로 생각하고 외웠던 약문의 무공들이 떠올랐다.

진자강은 보법을 밟으며 몸을 흔들었다. 약문 일파의 평범한 보법이었으나 발을 절기 때문에 오히려 모개가 전혀 예상치 못한 방향으로 몸이 움직였다.

"억?"

모개의 눈이 치켜떠졌다.

파악!

꼬챙이가 진자강의 머리를 지나 어깨의 살 일부를 찢고 스쳐 갔다.

그러나 진자강은 당황하지 않고 숨을 크게 들이마심으로써 백회혈에서부터 외부에 있는 기를 끌어당겨 몸 안으로 받아들였다.

한 줌의 내공이 빈약한 기혈을 흘렀다.

지금 상황에서 쓸 수 있는 건 보삼문의 도법이었다.

'대갈호기(大喝呼氣)!'

미미한 내공이지만 대갈호기의 방법으로 터뜨리면 마치

소림사의 일기가성(一氣呵成)처럼 단 한 순간 강한 기운을 낼 수 있다.

갱도에서도 이 방법으로 수백, 수천 번 정을 쪼며 연습한 적이 있었기에 빠르게 사용할 수 있었다.

칼을 꽉 쥔 진자강의 손아귀와 어깨에 제법 강한 기운이 깃들었다.

진자강은 위에서부터 아래로 그대로 칼을 그어 내렸다.

모개는 허술해 보였던 진자강의 도법이 이렇게 빠를 줄 몰랐기 때문에 허둥댈 수밖에 없었다.

모개가 공중에서 몸을 틀려고 했으나 느렸다. 매일 술이나 먹고 방탕하게 살며 홍중독까지 한창 진행 중인 탓에 자기 생각보다도 훨씬 더 동작이 굼떴다.

서걱!

내공을 머금은 진자강의 칼이 모개의 오른쪽 귀를 자르고 어깨를 갈랐다.

"끄아악!"

모개는 제대로 착지하지 못하고 바닥을 굴렀다. 오른쪽 어깨가 팔이 달린 채 사선으로 절단되어 펄떡거리고 있었다.

진자강으로서는 내공을 이용한 무공의 위력을 처음으로 보는 셈이었기 때문에, 스스로도 어지간히 놀랐다.

도기가 어리고 그럴 정도가 아님에도 사람의 팔을 어깨부터 뼈째 동강 낸 것이다.

너무 강한 위력과 잔인한 광경에 자기도 모르게 손이 떨렸다.

'내가…… 이렇게 강해진 건가?'

그 광경을 모개는 놓치지 않았다. 손을 떠는 건 사람을 처음 베는 초심자들이 자주 범하는 실수다.

"끄악! 아, 아파! 살려 줘!"

모개는 마치 시정잡배처럼 비명을 지르며 바닥을 굴렀다. 그러면서 왼손으로는 꼬챙이를 쥐고 몸 밑에 숨겼다. 진자강이 방심한 틈에 공격할 생각이었다.

과연, 진자강은 움직이지 않았다. 움직이지 않는 진자강의 배를 꿰뚫어 버리는 건 일도 아니다.

'이놈!'

모개가 눈을 번뜩이며 꼬챙이를 거꾸로 쥐고 위로 찌르려 했다.

그런데 그 순간 진자강과 눈이 마주쳤다.

진자강은 모개를 빤히 내려다보고 있었다.

"어?"

모개는 속내를 들킨 사람처럼 뜨끔해졌다.

모개는 진자강을 너무 몰랐다. 진자강은 곱상한 외모와

달리 수많은 죽음의 위기를 겪은 백전노장이다.

진자강은 일말의 망설임도 없이 그대로 칼을 내려쳤다.

콱!

모개의 머리에 칼이 박혔다. 모개의 눈이 점점 생기를 잃으며 잿빛으로 변해 갔다.

실력이 좋은 모개마저도 당해 버리자 석림방의 무사들은 순식간에 전의를 잃어버렸다.

진자강은 다시 침착하게 부채질을 시작했다. 연기는 여전히 석림방들 쪽으로 흘러가고 있었다.

"쿨럭쿨럭!"

"저, 저놈이!"

팔십 명 중에 반이 숨넘어가기 직전이고, 나머지 반은 중독의 여파로 몸도 제대로 가누지 못하고 있었다. 움직일 만한 건 방주 조양와 당주를 비롯해 겨우 열 명 정도였다.

두려움과 고통이 그들의 얼굴에 여실히 드러났다.

조양이 이를 갈았다.

"네놈은 대체…… 누구냐."

진자강은 살기를 감추지 않고 대답했다.

"당신이 아까 말했잖습니까. 약문 일파의 후손."

"우, 웃기지 마! 말도 안 되는 소리야!"

"그렇습니까? 믿든 안 믿든 상관없습니다. 난 당신들에게 죗값을 받아 내기만 하면 됩니다."

"우리가 뭘 잘못했다고! 쿨럭쿨럭!"

"백화절곡."

"……?"

"약왕문. 보삼문. 상황곡. 양잠파……."

진자강은 문파의 이름을 하나씩 꺼내었다.

"천도문, 구선문, 일이곡, 사장파……."

듣고 있던 조양과 석림방 당주들의 얼굴이 노래져 갔다.

진자강이 외고 있는 건 팔 년 전 갱도에 갇혀 있던 약문들이었던 것이다.

스물이 넘는 문파 이름을 전부 왼 진자강이 잠시 말을 쉬었다.

"더 있겠죠. 이들 말고도. 내가 있던 갱도에는 그들이 다였습니다."

진자강은 하늘을 바라보다가 시선을 천천히 조양에게로 옮겼다. 진자강의 분노 어린 시선을 받은 조양이 입술을 깨물었다. 진자강의 눈빛에는 그 나이에 도저히 가질 수 없는 감정이 담겨 있었다.

진자강이 다시 물었다.

"독문은, 왜 약문을 공격했습니까?"

조양은 떨리는 손을 감췄다. 홍중독으로 인한 것인지 진자강에게 겁을 먹은 것인지 스스로도 알 수 없었다. 그러나 오늘 저 어린놈 앞에서 살아남기는 어려울 거라는 건 직감했다.

그러니 순순히 대답해 줄 필요가 없었다.

어차피 죽을 것, 있는 대로 호기를 부렸다.

"큭큭큭. 궁금하냐? 그런데 어쩌지. 아마 날 죽일 순 있어도 내 입에서 네가 원하는 얘기를 들을 순 없을 거다."

한 당주가 옆에서 뛰쳐나갔다.

"내가 말해 줄 테니 날 살려……."

조양은 뛰쳐나간 당주의 머리카락을 붙들었다. 그러곤 뒤에서 당겨서 목을 비틀어 버렸다.

우드득.

목이 돌아간 당주의 몸이 힘없이 늘어졌다.

조양은 배신하려던 당주를 죽인 후에 진자강을 노려보며 웃었다.

씨익.

그러나 조양의 웃음은 금세 굳어 버렸다.

진자강 역시 조양을 보며 똑같이 웃고 있었던 것이다.

"대답을 안 해도 상관없습니다. 관련된 자는 모두 죽습니다."

조양은 등줄기에 소름이 돋았다.

"이런 미, 미친놈이…… 네놈 혼자서 독곡을…… 독문 전체를 공격하겠다고?"

진자강은 대답을 하지 않고 바라보기만 했다. 그런데 그것이 오히려 진자강이 반드시 관련자들을 찾아가 죽일 거라는 확신을 주었다.

"네놈은 운남독문은 물론이고 무림총연맹에까지 가입한 우리를 건드렸다. 운남독문과 무림총연맹이 네놈을 가만두지 않을 거다. 네놈이 온전하게 살 수 있을 것 같으냐!"

"그걸 내가 어떻게 압니까? 그때까지 살 수 있을지 없을지 나도 모릅니다."

"뭐?"

"하지만 그 전에."

진자강은 웃음기를 거두고 조양과 몇 남지 않은 당주 및 무사들을 쏘아보았다.

"석림방은 오늘 사라집니다."

"이런 어이없는 새끼가……."

그사이에도 기침을 하며 쓰러지는 자들이 하나둘씩 더 늘어갔다. 남은 건 겨우 예닐곱 명 정도다. 이대로라면 정말로 전멸은 시간문제였다.

한 당주가 떨면서 물었다.

"진심으로 사죄한다면…… 봐줄 거요?"

진자강의 혼잣말처럼 말을 중얼거렸다.

"사람을 고문하고 죽이고 생매장시켜도 사죄만 하면 용서받을 수 있다…… 그런 거군요."

진자강이 당주들을 보며 되물었다.

"나도 당신들을 죽이고 사죄할 테니 용서해 주시겠습니까?"

당주들의 얼굴이 일그러졌다.

자기들이 죽고 난 뒤엔 진자강이 사죄해도 의미가 없잖은가! 죽은 후에 사죄고 나발이고 무슨 소용이란 말인가!

"정말 사죄가 진심이라면 그 정도는 되어야겠죠."

결코 용납하지 않겠다는 단호한 어조였다. 조양과 당주들은 눈앞이 깜깜해졌다.

그런데 그때.

갑자기 진자강이 비틀거렸다.

'으응?'

조양의 눈이 퍼뜩 떠졌다.

진자강의 어깨에 난 상처가 보였다. 아까 모개가 찌른 꼬챙이로 난 상처다. 누구나 알듯 꼬챙이에는 독이 묻어 있다.

'기회!'

이것이 어쩌면 마지막 기회일지도 몰랐다.

조양이 소리 높여 외쳤다.

"놈이 모개의 독에 중독됐다!"

조양의 말에 남은 자들이 모두 힘을 냈다.

조양이 먼저 달렸다.

"중독된 주제에 건방 떨지 마, 이 새끼야—! 다들 돌—격!"

그의 뒤를 남은 석림방 인원들이 따랐다.

그러나 무작정 조양을 따라 뛰긴 했으되, 그들은 뭔가 이상하다는 생각이 들었다.

모개의 꼬챙이에 발린 독은 단사독이다.

그런데 진자강이 단사의 독에 중독이 되었다고?

지금도 항아리에서는 단사의 독 연기가 풀풀 내뿜어지고, 그 뒤에는 멀쩡히 해독약이 든 호리병이 있는데?

누군가 소리쳤다.

"머, 멈춰!"

하나 늦었다.

진자강은 새끼손가락에 비상독을 끌어 올려 항아리에 떨어뜨렸다.

그리고 달려드는 조양과 석림방의 이들을 향해 힘차게 부채질을 했다.

훅!

조양은 연기에 닿는 순간 두 눈이 허예지면서 앞이 보이지 않고 숨이 턱 막히는 걸 깨달았다.

"소, 속았……!"

그러나 이판사판이다. 조양은 끝까지 진자강을 공격했다. 품에서 독주머니를 꺼내어 펼치며 동시에 양손바닥을 뻗었다.

파앙!

독주머니에 담긴 누런 가루를 쌍장으로 쳐 내 진자강에게 뿜어낸 것이다.

하지만 그것 역시 단사독이다. 단사의 독은 진자강에게 듣지 않는다. 게다가 조양은 단사의 독에 중독된 지 오래된 탓에 거리감이 완전히 떨어져 있었다.

조양의 쌍장은 부질없이 진자강을 맞추지 못하고 허공에 날려져 버렸다.

그사이에 진자강은 조양의 뒤로 돌아가 등을 크게 베었다.

"끄윽!"

조양은 허리를 활처럼 휘면서 고꾸라졌다.

진자강은 다시 한 모금의 기운을 백회에서 받아들여 보법을 밟았다. 멀쩡한 다리 한쪽에만 내공이 깃들었지만 땅을 박차기에는 그것으로 충분했다.

석림방의 당주가 던진 단도가 진자강의 몸을 스쳐 가 바닥에 박혔다.

진자강은 비상독에까지 중독되어 허우적대는 석림방의 당주와 무사들을 차례로 베어 나갔다.

바닥에는 온통 중독되어 쓰러진 자들, 죽은 자들로 가득했다.

진자강은 칼의 이빨이 나가 칼날이 무뎌지자 모개의 꼬챙이를 들고 돌아다니면서 한 명 한 명 찔러 죽였다.

"커헉!"

"큭!"

진자강이 지나갈 때마다 답답한 단말마의 신음이 흘러나왔다.

치밀한 준비에 의해 계획이 성공한 탓이긴 해도 거의 일방적인 학살에 가까웠다.

하지만 진자강은 내뿜는 살기에 비해 표정이 의외로 담담했다.

복수의 쾌감을 스스로 억누르고 있는 것이다.

감정에 사로잡히지 않기 위해.

복수가 겨우 여기에서 끝이 아니라 이제 시작이라는 걸 알고 있기에.

진자강은 아직 숨이 붙어 있는 자들의 목숨을 끊으면서 애써 갈증을 억눌렀다.

'나는 미친 살인마도 아니고, 살인을 즐기는 자도 아니

다. 하지만 당신들은 죽어야 해!'

진자강은 몇 번이나 입으로 되뇌며 석림방의 생존자들을 죽여 나갔다.

절룩이는 다리를 끌고.

거의 대부분의 죽음을 확인했을 때, 정문 쪽에서 거친 소리가 났다.

쨍그랑!

진자강이 놓아둔 호리병을 깬 사람이 있었다.

조양이었다.

등을 그렇게 크게 베였음에도 숨이 끊어지지 않은 조양이 끝끝내 정문까지 기어가 호리병을 마셔 버린 것이다.

그러나 조양에게는 안타깝게도 그건 해독약이 아니라 술이었다. 그것도 진자강이 비상을 풀어 쓸 때 썼던 술이 담긴 호리병이다.

즉 조양은 비상을 섞은 술을 먹었다.

"꺽꺽!"

조양이 어떻게든 살겠다고 발버둥을 쳤지만 해독이 될 리가 없었다. 오히려 더 심해지는 상극의 독을 먹었으니 죽음만 앞당겼을 뿐이다.

진자강은 조양의 앞에 가 섰다.

이미 조양은 눈에서 진물이 나고 얼굴에 습포가 생겨 엉망이었다. 중독이 극심했다. 살아날 길은 조금도 없어 보였다.

진자강은 조용히 꼬챙이를 들었다.

눈빛은 많이 가라앉아 있었다. 어느 정도 진정되어 살기가 사라진 후다. 그러나 마음속에 깃든 살심(殺心)까지 사라진 건 아니었다.

조양이 있는 힘을 다 짜내어 말을 했다.

"끄윽, 잔인한…… 놈…… 끅."

진자강은 무덤덤하게 대꾸했다.

"아무렴 사람을 고문하고 생매장시킨 당신들만 하겠습니까."

"……려 줘."

진자강이 잠깐 멈칫했다.

조양이 다시 말했다.

"살려 줘…… 너를 지나가면 끅…… 살려 준다고 했으면서…… 끅끅."

"그랬습니까."

진자강은 아무렇지 않게 조양의 다리를 잡고는 정문 안쪽 마당으로 질질 끌고 갔다.

다시 처음으로 돌아가 버린 것이다.

조양은 어처구니가 없어서 웃는 건지 우는 건지 모를 소리를 냈다.

"끄윽, 끅, 끄흑."

조양의 얼굴 위로 진자강이 치켜든 손의 그림자가 어렸다. 조양은 이렇게 죽어야 한다는 게 너무 억울했다.

그때까지도 조양은 진자강이 약문의 후손이 맞다고 생각했다. 어디서 석림방이 갱도에서 약문 일파를 모두 생매장한 얘기를 듣고 복수하려 찾아왔구나 생각하고 있었다.

하지만 비밀을 아는 대부분의 사람들을 살인멸구했는데 어디서 소문이 샌 것일까.

문득 조양은 진자강이 했던 얘기를 되새겼다.

─내가 있던 갱도에는 그들이 다였습니다.

무심코 넘겼는데, 그게 그냥 넘길 얘기가 아니었다.

'자, 잠깐! 이놈 갱도에서 나온 거야?'

그 순간 조양은 팔 년 전의 그때를 떠올렸다.

폭파시켜서 무너뜨린 갱도는 본래 일 년 후에 복구하기로 약속이 되어 있었다.

질 좋은 단사가 나오는 소중한 광산인데 언제까지 폐광으로 내버려 둘 수는 없으니 말이다.

하여 독곡에서 온 위종은 갱도를 돌리지 못하는 일 년간, 석림방의 손해를 금전적으로 보전해 주기로 했다.

그 돈을 독곡에서 다 내놓았을 리는 없다. 하지만 돈의 출처가 어디인지 조양은 모른다. 무림총연맹 쪽에서 흘러왔다는 얘기도 있었지만 거기까지는 관심이 없었다.

결과적으로는 그렇게 들어온 막대한 보상금에 눈이 멀어 조양이 반란을 일으킨 것이기도 하지만, 어쨌든 그때에 그런 일이 있었다.

한데 일 년 뒤, 다른 갱도는 모두 복구시켰는데 하나만큼은 끝까지 복구시키지 않았다.

그자 때문이었다.

─여기 갱도는 그냥 두지.

그자는 조양을 부추겨 반란을 일으키게 했고, 조양에게 방주의 자리를 가져다준 인물이었다. 또한 싸움에서는 가장 선두에 서서 석림방의 고수들을 여럿 학살한 대단한 실력자이기도 했다.

때문에 그자에겐 그냥 툭 던진 말이라고 해도 조양으로서는 도저히 거부할 수 있는 말이 아니었다.

조양이야 독곡에서 보낸 보상금을 독차지하고 석림방의

방주가 된 것만으로도 만족하였으므로 그의 심기를 거스를 필요가 없었다.

그런데, 이제야 생각이 나는 것이다.

예전에 이 같은 비슷한 얘기를 들은 기억이.

지독문.

그자가 속해 있던 지독문에서 뭔가 비슷한 일이 일어났었던 걸 떠올려 버리고 말았다.

대외적으로는 운남 독문을 반대하는 측에서 지독문을 숙청 작업한 것이라는 얘기가 떠돌았다.

그러나 들려오는 소문 중에는 다른 얘기도 있었다.

'꼬마……!'

지독문에 잡혀 있던 꼬마 하나가 지독문을 몰살시키고 달아났다는 소문이었다.

조양을 부추기고 석림방의 고수들을 대거 살해한 그 대단한 자마저도 소문의 꼬마에게 당해서 한쪽 눈과 다리를 잃었다고 하는 얘기가 있었던 것이다.

'갱도에서…… 그 꼬마가…….'

그게 팔 년 전 얘기이니, 소문의 꼬마가 자랐다면 대충 저 만큼의 나이가 되었을 것이었다.

"마, 말도 안 돼! 끅! 어떻게 거기서 살아 나와……!"

그리고 조양은 한 가지를 더 깨달았다.

그자가 무림총연맹 쪽으로 가면서 자신에게 당부한 말이
있었다.

—혹시나, 그러니까 아주 혹시나 말이야. 석림방
에 좀 희한한 일이 생긴다…… 싶잖아? 그럼 별일
아니라도 좋으니까 최대한 빨리 나한테 연락을 좀
주겠나?

그의 말이 의미하는 바가 무엇인가.

'알고 있었어?'

아무리 생각해도 진자강이 나올 걸 알고 있었다는 뜻으
로밖에 해석되지 않는다.

조양은 허망해졌다.

'알고 있었어! 이놈이 우릴 찾아올 걸! 그자는 알고 있었
다고!'

그럼에도 그자는 조금의 언질조차 주지 않았다.

대신 그자는 석림방에서 가장 실력이 좋은 고수들을 미
리 자신의 손으로 쳐 죽였다. 강한 무공에 다수의 독까지
사용해서 완전무결하게 말이다.

지금의 석림방은 무림총연맹에 가입해서 건드릴 사람이
없어졌다지만, 그때 죽은 고수들의 자리가 회복되지 않아

실제 무력은 그때의 삼분지 일도 채 되지 않았다.

'먹이……'

단어 하나가 조양의 머리를 휘젓고 다녔다.

'그가 우리를 먹이로 썼어……!'

먹이, 혹은 미끼.

어느 쪽이든 마찬가지였다.

이유는 알 수 없지만 자신들을 먹잇감으로 써 버린 것이다.

방파를 제대로 관리하지 않아 이 지경이 된 건 순전히 조양의 탓이기도 하건만, 그럼에도 그는 억울했다.

남의 손에 놀아난 것이.

만일 그자가 자기를 부추기지 않았다면 반란을 일으키지도 않았을 것이고, 그랬다면 이놈이 찾아오기 전에 갱도를 복구하면서 먼저 이놈을 찾아냈을지도 모른다.

아니, 설사 복수를 하겠다고 찾아왔더라도 여러 고수들이 죽지 않고 건재했다면 충분히 막아 낼 수 있지 않았을까.

'억울…… 하다. 억울해!'

그때에 조양은 가슴을 뚫고 들어오는 뜨거운 것을 느꼈다. 진자강이 자신의 심장에 꼬챙이를 박아 넣은 모양이었다.

조양은 마지막 힘을 다해 진자강의 옷깃을 붙들고 몸을 가까이 했다. 눈은 보이지 않지만 그래도 진자강의 윤곽 정도는 볼 수 있다.

진자강의 얼굴 쪽을 바라보며 조양은 시뻘건 핏줄과 물집으로 가득한 눈동자를 부릅뜨고 마지막 말을 내뱉었다.

"망…… 료……! 이 개…… 자식!"

그 말을 끝으로 조양은 숨을 거두었다.

진자강은 조양이 던진 마지막 말에 갑자기 기분이 섬뜩해졌다.

"망료……?"

망료란 이름이 왜 팔 년이 지난 지금 조양의 입에서 튀어나온단 말인가?

그는 이미 죽었는데. 진자강의 손으로 중독시켜 죽였는데 말이다.

이유를 알 수 없었다.

진자강은 죽은 조양의 시신을 한참이나 바라보았다.

＊　　　＊　　　＊

화르륵.

석림방의 장원이 불타올랐다.

마을 사람들이 놀라서 장원 쪽을 쳐다보았지만 달려와서 불을 끄는 이는 없었다.

오히려 집으로 들어가 문을 잠그고 덜덜 떨었다. 오래전 벌어졌던 석림방의 내전을 떠올렸던 모양이었다.

괜히 끼어들었다가 고초를 겪으니 그냥 모른 척하고 마는 게 사는 데 이로웠다. 시체 타는 냄새가 진동을 해도 마을 사람들은 단 한 명도 근처로 오지 않았다.

진자강은 멀리서 석림방의 장원이 불타는 모습을 지켜보았다. 어깨에는 한 짐 두둑이 담긴 보따리도 메고 있었다.

이번에는 불을 지르기 전에 안에 들어가 여러 가지를 챙겨 왔다. 옷가지며 재물, 그리고 석림방이 사용하던 독도 챙겼다.

진자강은 강도가 아니었으나 돈의 중요성은 잘 알고 있었다.

강호를 떠돌려면 돈이 필요하다. 앞으로의 복수행을 위해서도.

진자강은 석림방의 장원이 잿더미가 되어 버릴 때까지 지켜보다가 살아서 문으로 나오는 이가 없는 걸 확인하고는 자리를 떠났다.

第四章

진자강은 어디로

　노인의 느긋한 목소리가 흘러나왔다.

　"중풍(中風)을 태풍으로 비유하자면, 태풍이 지나간 자리
는 나무가 뽑히고 가옥이 파손되어 폐허가 되는데…… 인
체에서 이런 태풍에 맞서는 것은 심장(心臟)이라네. 한데
이 심장을 보호하는 기능을 하는 곳은 간(肝)이지. 간은 심
장에 가해지는 피해를 대신 막아 주므로 심장에 독을 쓰면
일차적으로 간부터 손상되기 마련인 것이라네."

　느긋한 오후.

　커다란 정원의 정자에서 젊은 청년 몇몇을 두고 백발이
성성한 노인 한 명이 짧은 강의를 하고 있었다.

강의를 들은 청년들이 '아!' 하고 탄성을 냈다.

"역시 고문님이십니다."

"고문님의 가르침에 저희는 그저 놀라고 또 놀랄 따름입니다."

"저희가 미처 생각하지 못한 부분을 정확하게 짚어주셨습니다."

노인이 소탈하게 웃었다.

"허허허, 도움이 되었다니 기쁘네. 나 같은 노인네는 골방에 처박혀 죽을 날만 기다리는 것보다 이렇게 따뜻한 햇볕에 나와 후진들과 함께 독론(毒論)을 나누는 것이 건강에도 더 유익한 일일세."

"하하! 그 말씀은 너무 과공비례(過恭非禮)이십니다."

"맞습니다. 고문님께서야 아직 한창 현역이시죠."

그때 무사 한 명이 정자로 와 노인에게 작은 쪽지를 건넸다. 노인은 쪽지를 읽으며 갑자기 크게 껄껄 웃었다.

"무슨 일이십니까?"

노인은 청년들에게 괜찮다고 손을 들어 보였다.

"별일 아닐세. 자, 어디까지 얘기했더라?"

청년들은 화기애애한 모습으로 잠깐을 더 차를 마시며 담론을 나누다가 자리를 떠났다.

노인도 그제야 자리에서 일어나 정자 밖으로 나왔다.

기품 있는 비단 장포를 걸치고 있어서 누가 보더라도 상당한 위치에 있는 인물임을 알 수 있어 보였다.

한데 몸이 매우 불편해 보였다.

뚜걱, 뚜걱.

노인은 목발을 짚고 있었는데 양발이 모두 의족이었다. 심지어 얼굴은 화상으로 지저분했고 한쪽 눈에는 안대까지 하고 있었다.

그럼에도 웃는 표정이어서 의외로 인상이 좋아 보이니 희한할 노릇이었다.

뚜걱, 뚜걱.

노인은 여유롭게 길을 걸었다.

전각과 문을 지날 때마다 경비들이 존경의 눈으로 노인을 보며 인사했다. 노인은 웃는 낯으로 고개를 끄덕이며 계속해서 길을 갔다.

그가 멈춘 곳은 심처(深處)의 한 전각이었다.

입구를 막고 있던 무사가 안쪽에 전갈을 알리며 길을 열어 주었다.

"제독부(制毒府)의 고문께서 오셨습니다."

노인은 집무실로 들어섰다. 집무실에는 건장한 체구에 형형한 눈빛을 지닌 중년의 무인이 서 있었다.

중년 무인에게서 뻗어 나오는 칼 같은 기세에도 노인은

웃는 표정을 바꾸지 않고 목발을 겨드랑이에 끼운 채 포권했다.

"오랜만이외다. 참, 이번에 백호첨열단(白虎尖裂團)에서 청룡대검각(靑龍大劍閣)의 각주로 승진되셨다고? 뒤늦게나마 축하드리외다. 승진이 참으로 빠르시구려."

하지만 중년의 무인은 노인을 하찮은 벌레 보듯 하다가 얼굴을 찡그리며 창밖으로 고개를 돌려 버렸다.

"자꾸 찾아오지 말라고 하였을 텐데."

"흐흐흐."

노인의 웃는 낯에서 외눈이 번뜩였다.

"백리 단주, 아니 백리 각주. 드디어 놈이 모습을 드러냈소이다."

하나 백리중은 별다른 반응을 보이지 않았다. 미간을 더 찌푸렸을 뿐이다.

"좀 앉겠소이다. 보다시피 다리가 불편해서."

노인은 허락도 없이 탁자에 앉아 차를 따라 마셨다.

"내 말이 거짓말이라 생각했겠지만 틀리지 않았다는 게 증명됐소이다."

노인이 쪽지를 백리중에게 들어 보였다. 백리중이 귀찮은 투로 손을 내밀자 쪽지가 거짓말처럼 백리중의 손으로 빨려 들어갔다.

백리중은 노인이 건넨 쪽지를 읽었다.

내용은 짧았다.

　모일, 석림방 멸화(滅火).

그러나 그 짧은 몇 마디가 의미하는 바는 굉장히 컸다.

당금의 세상에서 무림총연맹에 가입한 문파를 몰살시킬
정도로 간 큰 놈들이 있다는 것이 첫 번째였고, 두 번째로
는 노인이 내내 주장하던 바가 맞았다는 걸 의미했던 것이
다.

노인은 흐뭇해하며 혼잣말처럼 중얼거렸다.

"놈이 미끼를 덥석 물었소. 놈이 물어 주지 않을까 봐 참
으로 노심초사하였소이다."

백리중이 무뚝뚝하게 입을 열었다.

"팔 년 전 얘기 아닌가."

"맞소. 놈이 갱도에 갇힌 지 팔 년 됐소. 그런데도 살아
남아 결국은 석림방을 먹어 치웠소이다."

백리중은 큰 반응이 없었지만 노인은 완전히 들떠서 웃
는 얼굴로 계속 말을 했다.

"물론 석림방은 찌꺼기밖에 안 남긴 했지. 가장 욕심이
많고 무능력한 조양이란 놈을 부추겨서 방주의 자리에 앉

힌 것도 나고, 좀 한가락 한다 싶은 놈들을 미리 쳐 죽인 것도 나니까 말이오."

백리중이 비릿하게 조소했다.

"직후에 석림방의 영약을 다 챙겼다지?"

"아아, 조양이란 놈이 돈만 있으면 된다고 해서 돈이 되지 않는 건 내가 챙겼을 뿐이외다."

노인이 싱긋 웃었다.

"어쨌거나 석림방을 쉽게 처리한 덕분에…… 놈은 굉장히 갈증이 심해졌을 것이오."

백리중은 귀찮아 보였지만 그 말에는 관심을 보였다.

"갈증?"

"나는 알아. 놈을 잘 알지. 기다려 온 세월에 비하면 너무 쉽게 복수를 했을 거요. 놈의 실력에 비하면 식은 죽 먹기나 다름이 없었을 테지. 제물이 부족하다고 생각할 것이오. 그래서 몸이 달았을 거요. 얼른 다음 복수를 하지 않으면 견딜 수 없을 정도로."

노인은 껄껄 웃었다.

"대저 지옥 굴에서 기어 나온 자들은 현실에서조차 처절함이 없으면 자기가 아직 지옥을 벗어난 줄 믿지 못한단 말이외다."

백리중이 말을 잘랐다.

"잡소리는 그만. 요점만 말하지."

"건수에 다녀오리다. 제독부의 비상임고문 같은 허울뿐인 자리 말고 쓸 만한 직위가 필요하오."

백리중은 그 자리에서 손을 휙 휘저었다. 벽에 걸려 있던 여러 명패 중에 하나가 노인에게 날아갔다. 그러나 노인이 받으려고 했을 때 명패는 바닥에 떨어져 버렸다.

노인은 살짝 표정이 굳었으나 불평 없이 몸을 굽혀 명패를 주웠다. 명패는 은박이 입혀져 있고 은수실까지 달려 있었다.

"강서성 본 맹의 조사관과 같은 실권을 가진 은패(銀牌)다."

"잘 받겠소."

"실수하지 마라."

협박과도 같은 말투에 노인은 곧바로 대답하지는 않았다. 대신 목발을 짚고 천천히 몸을 일으켰다.

그러곤 방을 나가며 지나가듯 말했다.

"각주는 본인을 이해하지 못할 것이외다. 하지만 내가 언젠가 각주에게 큰 선물을 하는 날이 오게 된다면, 그땐 나와 천하를 나누겠다는 생각이 들 것이오."

노인이 막 문 앞에 서서 손을 뻗어 방문을 열려다가 멈췄다.

빠직!

아무런 기척도, 기운도 느끼지 못했는데 문고리에 손자국이 나며 으스러졌다.

노인의 얼굴이 딱딱하게 굳었다. 만약 문고리를 그냥 잡았으면 으스러진 건 문고리가 아니라 노인의 손이 되었을 수도 있었다.

그야말로 무지막지한 암경(暗經).

노인이 멈추고 고개를 돌아보았다.

백리중이 커다란 호목(虎目)을 부릅뜨고 노인을 노려보고 있었다.

"어디서든 그 입, 주의하고."

적어도 이삼십 세는 더 어린 백리중이 노인에게 반말을 하는 것이다.

하지만 노인, 망료는 개의치 않고 활짝 웃었다.

"각주의 말씀, 명심하리다. 누가 뭐래도 우린 같은 배를 탄 동료가 아니겠소이까?"

  *   *   *

다그닥, 다그닥.

망료는 호광성의 무림총연맹 지부를 나와 운남 건수로

향했다.

건수까지는 대략 천이백 리.

말을 타고 이삼일이면 충분히 도착할 만한 거리다.

'후후후.'

웃음이 나왔다.

진자강 때문에, 아니 자신의 손 안에서 고통받으며 움직일 진자강을 생각하니 절로 즐거워졌다. 상상만 해도 가슴이 두근거렸다. 출발 전 백리중에게 받은 모욕이 다 잊힐 정도였다.

팔 년을 기다렸다.

그 팔 년을 망료가 얼마나 힘들게 기다려 왔는지 진자강은 상상조차 하지 못할 것이었다.

당장 맨손으로라도 갱도를 파고 들어가 만나고 싶었던 것을 참느라고 얼마나 궁금했는지!

무림맹에서 되도 않는 성인군자 노릇을 하느라 어찌나 고역스러웠는지!

하지만 그 모든 걸 참아 낸 게 다 오늘 같은 날을 위해서였던 것이다.

게다가 마냥 기다리고 있기만 한 것도 아니었다. 망료는 쉬지 않고 자신을 단련해 왔다.

남들 앞에서는 뒷방 늙은이처럼 행세했으나 실제로는 잠

자는 시간까지 줄여 가며 수련을 거듭했다.

덕분에 지금은 지독문에서 제일 장로였던 시절보다 훨씬 더 강해졌다. 명문 정파 출신인 무림맹 중앙 본단의 고수들에 비하면 여전히 부족한 면이 있으나, 그래도 스스로 실력을 자부할 만큼의 수준에 올랐다.

와신상담(臥薪嘗膽).

절치부심(切齒腐心).

어떤 말로도 망료의 지난 팔 년을 설명할 수는 없을 터였다.

그러니까 더더욱 진자강을 쉽게 죽여 버릴 수는 없다. 절대로 평범하고 안락한 죽음을 선사하지는 않을 것이다.

팔다리를 끊고, 눈과 귀를 멀게 해도 성에 차지 않는다.

놈은 지옥보다도 더 지독한 고통과 절망 속에서 발버둥치며 죽어야 한다.

반드시 그래야만 한다.

그래야 팔 년이란 세월을 기다려 온 보람이 있을 게 아닌가!

망료는 살기 어린 웃음을 지으며 이를 드러냈다.

"네놈이 갱도에서 마음 편히 지내는 동안 나는 이 더럽고 추악한 강호에서 뼈를 깎는 심정으로 살아왔다. 네놈은 나를 실망시키지 않아야 할 것이야!"

물론 적어도 아주 실망스럽지는 않을 것이었다. 진자강은 갱도를 나오자마자 석림방을 몰살시킴으로써 스스로 건재하다는 걸 증명했으니까.

그래서 망료가 진자강의 활약을 기대하고 있는 것이니까.

"이랴!"

망료는 달리는 말에 박차를 가했다.

＊　　　＊　　　＊

며칠 후, 망료는 석림방의 장원이 있는 마을에 도착했다.

석림방의 앞에는 이미 운남의 삼개 독문에서 나온 무사들이 경비 중이었다.

"수고가 많네들."

망료는 무림총연맹의 조사관임을 상징하는 은패를 보였다.

독문 역시 이제는 무림총연맹의 소속으로써 규율을 따라야만 한다.

무사들은 눈치를 보다가 자리를 비켜 줬다.

망료는 첫 걸음을 내디디며 불탄 기둥 앞을 지났다.

팔 년 만에 나타난 진자강의 흔적들이 벌써부터 이곳저곳에 잔뜩 보이고 있었다.

온통 잿더미가 된 장원의 입구 쪽에는 수많은 숯검댕이들이 사방에 널려 있었다. 누가 봐도 그것은 사람의 시체였다. 사람의 시체 수십 구가 입구 쪽에 몰려서 타 죽어 있는 것이었다,

보기만 해도 흥분이 되었다.

도대체 진자강은 어떻게 이들을 죽였을까?

망료는 돌아다니면서 진자강의 실력을 감상했다.

눈여겨보지 않으면 알아채기 힘들었지만 시체들 대부분에 하나씩의 구멍이 뚫려 있었다.

목뼈와 갈비뼈의 중간에 꼬챙이 같은 것으로 꿰뚫린 흔적이 보였다. 팔십여 구의 시신 중에 최소한 사십 구 이상그런 흔적이 남아 있었다.

망료는 근방에서 금세 흉기를 찾아냈다.

기다란 쇠꼬챙이였다.

뼈에 난 구멍과 두께를 대 보니 딱 맞았다. 예전에 모개라는 자가 쓰던 무기였다.

망료는 미소를 지었다.

'사람을 찔러 죽일 정도로 자랐군. 자기가 가진 모든 걸 적극적으로 이용하고 있어.'

예전에는 아무래도 아이라 물리적인 힘이 약했다. 때문에 진자강은 사람을 직접 상대하는 것보다는 독을 위주로

썼다. 한데 이제는 좀 컸다고 물리적인 힘을 함께 이용하고 있는 것이다.

하지만 망료는 진자강이 물리적인 힘을 쓴 데에는 다른 이유도 있다는 걸 알아챘다.

'사용한 주독이 생각보다 치명적이지 않았군?'

예전 진자강이 사용하던 독은 매우 치명적인 비상독이었다. 그 독의 위력은 지독문 전체를 날려 버릴 만큼 강력했다. 그런 독을 아직 가지고 있다면 굳이 힘들여 꼬챙이로 찔러 죽일 필요는 없었을 것이었다.

'주독의 효과가 약해서 최종적으로 직접 손을 썼어. 여전히 꼼꼼한 녀석이야.'

그럼 무슨 독을 쓴 것일까.

망료는 주변을 휘휘 둘러보았다. 사방에 은빛으로 빛나는 덩어리가 점점이 떨어져 있는 게 보였다.

몸을 굽혀 손으로 덩어리를 만져 보았다. 손가락에 올려놓고 문지르자 은(銀) 방울이 마치 물방울처럼 손에서 똑 떨어진다.

수은이다.

'단사를 태우면 나오는 흔적.'

단사를 다루는 방파에서 단사를 태운 흔적이 나오는 건 이상한 일은 아니었다. 그러나 그 양이 굉장히 많았고 격전

지의 여기저기 흩뿌려져 있다는 건 이상한 일이다.

"석림방이 놈에게 단사독을 썼나?"

망료는 잠시 생각하다가 작은 호리병을 꺼냈다. 그러고는 호리병 안에 든 액체를 여기저기 뿌리고 다녔다.

치이이.

어느 시신의 얼굴 부근에서 갑자기 부글거리면서 와사가 피어났다.

망료가 뿌린 액체는 비상독에 반응하는 양잿물이다.

그것은 정문 입구에 놓인 두 개의 항아리로부터 부채꼴 형상으로 누워 있는 시체들 앞쪽에서 주로 나타났다.

"호오?"

망료는 흥미진진한 얼굴로 항아리 안쪽에 양잿물을 쏟아 보았다.

치이이익!

아까보다도 더 심한 와사가 발생했다. 망료는 숨을 멈추고 흡입한 독기를 입 안에서 굴리며 침으로 뱉었다.

"퉤."

잠깐 사이였는데도 입 안이 마비가 된 듯이 얼얼했다.

망료는 전혀 개의치 않고 두 항아리를 차례로 살펴보더니 웃었다. 한쪽 항아리에 은빛 방울이 잔뜩 고여 있었다.

"껄껄껄! 한쪽은 단사. 한쪽은 비상. 이게 석림방을 멸문시킨 주원인이었군."

비상을 쓰면 단사독이 한층 강렬하게 반응한다. 석림방이 단사독에 대한 해독약을 갖고 있었어도 중독을 막기 어려웠을 터였다.

그렇다면 이 항아리는 진자강이 가져온 게 틀림없었다. 시체들이 항아리를 포위하는 형태로 둘러싸고 있는 것만 봐도 알 수 있었다.

"참으로 당돌한 녀석이로고. 단사독을 만드는 문파를 단사독으로 멸문시켜?"

어이가 없었지만, 그렇기에 더욱 진자강다웠다.

아니, 진자강이기에 그런 생각을 할 수 있었던 게 아닐까?

망료는 좀 더 항아리 주변을 살피다가 쑥 냄새를 맡았다. 그리고 타다 만 찻잎도 찾아냈다.

"단사와 비상, 쑥과 찻잎이라……."

망료는 눈을 감고 진자강의 모습을 머릿속으로 그렸다.

진자강이 석림방을 상대로 정면에서 독을 뿌리며 싸운다.

석림방 무사들이 중독되어 무기력해진다. 달려들어 보지만 쑥을 태운 연기에 눈이 매워 섣불리 다가서지 못한다.

석림방 무사들이 급히 해독약을 먹지만 연기에는 비상이 섞여 있고, 녹차의 재료인 찻잎까지 섞여 있어 해독이 잘 되지 않는다.

진자강은 무기력해진 석림방 무사들을 한 명씩 찾아다니며 일일이 꼬챙이로 찔러 죽인다. 그중에 한 놈이 덤벼들었지만 어깨를 통째로 날려 버리기도 한다.

망료는 눈을 떴다.

진자강이 어떻게 석림방을 상대했는지 눈에 훤히 보인다.

"대단해. 내 생각 이상이야."

망료의 입에서 감탄이 절로 나왔다.

거기에 망료는 한 가지를 더 알아낼 수 있었다.

굳이 비상뿐 아니라 단사독을 함께 썼다는 건 비상이 함부로 쓸 만큼 많이 남지 않았다는 걸 의미하는 것이다.

비상이 많이 남아 있다면 찻잎이니 쑥이니 필요 없이 그냥 비상으로 죽여 버리는 게 간단했을 테니 말이다.

진자강의 비상은 일반적인 비상과 다르다. 망료조차 치를 떨 만큼 강력한 비상독이다. 그 독이 거의 남지 않았다는 건 그만큼 망료에게는 유리한 부분이다.

망료는 수염을 쓰다듬었다.

"자, 그렇다면 이제 네가 석림방을 나가서 어디로 갔는지 그게 관건이겠구나."

입구에 가장 가까이 놓여 있는 시체.

석림방의 방주 노릇을 하던 조양이다.

"조양아, 죽은 조양아. 말해 봐라. 진자강이 어디로 갔을까?"

시체는 말이 없다.

망료는 계속 생각에 골몰했다.

'조양이 어디까지 불었을까. 진자강 그놈이 어디까지 일의 전모를 파악해 냈을까.'

그에 따라 진자강의 동선이 달라진다. 진자강의 동선을 예측해서 대응해야 한다.

'놈이 다음으로 갈 곳은……'

진자강은 받은 대로 돌려주는 성격이다.

만일 진자강이 행동하기에 충분한 정보를 얻었다면 다음 목표는 갱도를 파괴시키라고 명령한 독곡으로 잡을 가능성이 높다.

아무래도 철산문(鐵傘門)과 암부(暗府)는 상대적으로 백화절곡과 관련성이 적은 편이라 후순위로 밀릴 것이었다.

다만 진자강이 독곡을 공격하는 건 매우 어렵다. 독곡은 운남의 오대 독문을 이끄는 사실상의 수장 문파다. 석림방의 떨거지들을 죽이는 것과는 차원이 다르다.

하지만 문득.

망료는 다른 생각이 들었다.

조양은 의외로 쓸데없는 근성이 있다. 좋은 말로 하면 근성이고 다른 말로는 객기다. 망료도 그 점을 이용해 조양을 부추겨 반란을 일으켰던 것이다.

그래서 생긴 궁금증이다.

'조양이 과연 말을 했을까? 독곡이 시켰다고?'

말을 안 했다면 진자강의 행로는 처음부터 다시 고려해 봐야 한다.

'쓸데없이 복잡해지는군.'

망료는 좀 더 현장을 거닐며 생각에 잠겼다.

그런데 얼마 지나지 않아 망료의 생각을 방해하는 이들이 나타났다.

운남의 독문 일파에서 나온 세 고수들이 장원으로 들어온 것이다.

"이게 누구야? 운남에서 가장 먼저 출셋길에 오른 망 장로가 아니신가."

운남의 사대 독문, 아니 석림방의 멸문으로 삼대 독문이 되어 버린 연합체 중 철산문의 장로 도남기가 말을 걸어왔다.

철산문은 철제 우산을 무기로 쓰는 문파로 철산문의 문도라면 크든 작든 늘 우산을 들고 다녔다.

암부의 고수 구상월도 망료에게 고개를 까딱였다. 암부는 주로 자객행을 하는 곳으로 다른 독문에 비해 은밀하게 움직이기로 유명했다.

오늘 나와 있는 것도 특이하다면 특이한 일이었다. 어쩌면 그만큼 이번 석림방의 멸문에 대한 사안이 크다고 보는 것이다.

마지막으로 독곡에서 나온 고수 노육도 망료를 쳐다보며 인사했다.

망료도 허리를 펴고 겨드랑이에 목발을 끼운 채 세 고수들을 둘러보고 포권했다.

"허허, 삼대 독문에서 모두 나오셨구려."

철산문의 도남기가 코를 킁킁거렸다. 도남기는 주먹만 한 코를 가진 특이한 인상이었는데, 수시로 코를 킁킁대고 코를 만지작거리는 습관이 있었다.

"아주 무림맹 사람 다 되셨소이다?"

망료가 포권을 하는 걸 두고 하는 말이다. 독문의 사람들은 늘 소매에 손을 숨기고 다닌다.

소매에 온갖 독물과 암기를 넣어 가지고 다니는데, 양손으로 포권을 하면 급한 순간에 손을 쓸 수 없기 때문에 포권을 하지 않는 버릇이 있다.

망료는 껄껄 웃었다.

"인사를 하자고 했지, 손을 쓰자고 한 것도 아닌데 포권을 못 할 이유가 어디 있소이까."

틀린 말은 아니었으나, 망료는 속으로 웃었다. 포권을 한건, 두 손을 맞잡고 있더라도 저들을 상대할 수 있다는 자신감 때문이다. 하지만 저들은 그런 망료의 생각을 전혀 모르고 있을 터였다.

암부의 구상월이 말했다.

"보다시피 석림방은 전멸했소이다. 전날 도착하여 지금까지 보고 있으나 달리 알아낸 바가 없소."

도남기가 망료에게 물었다.

"쿵, 무림맹에서는 어떻게 보고 있소이까?"

그 말에 구상월과 노육이 모두 망료를 주목했다.

석림방은 운남의 독문 일파였으며 동시에 무림총연맹의 가입 문파다. 석림방을 멸문시킨 건 석림방의 배경으로 있는 두 곳에 동시에 선전포고를 한 거나 다름이 없는 일이었다.

현 강호 문파의 칠할 이상이 가입한 무림총연맹으로서는 이 일을 해결하지 않으면 체면에 큰 손상을 입을 수 있었다.

하나 운남의 독문들에겐 체면 정도가 아니라 훨씬 더 심각한 일이었다. 운남 독문이 공격당한 게 이번이 처음이 아니기 때문이다.

지독문이 멸문한 지 십 년도 되지 않아 또다시 같은 일이 벌어지고 말았다. 이 다음에는 자신들의 차례가 될지 누가 알겠는가!

"으음."

망료가 뭔가 말을 할 듯하면서도 가만히 입을 닫고 있자, 도남기가 재촉했다.

"망 형, 지금은 무림맹에 몸을 담고 있으나 망 형 역시 독문 출신 아니오. 무림맹의 생각이 어떤지 속 시원히 말을 좀 해 보시오. 쿵."

도남기가 무림총연맹의 입장을 계속 추궁하는 데에는 이유가 있었다. 석림방이 공격당한 것이 무림맹의 정치적인 상황과 연관되었다고 생각하기 때문이다.

망료는 속으로 웃었다.

'그렇게 생각해 주면 나야 편하지.'

그러나 겉으로는 다른 얘기를 했다.

"물론 나는 독문 출신이외다. 내가 죽는 날까지 그건 변함이 없는 사실일……."

그 순간 망료는 갑작스레 깨달았다.

진자강의 행보를.

망료는 말을 하다 말고 자신의 팔을 내려다보았다.

소름이 돋았다!

그것은 자신의 생각이 틀리지 않았음을 증명하는 일종의 근거였다.

망료는 도남기에게 갑자기 되물었다.

"그런데 도 형은 어떻게 오게 되셨소?"

"석림방에 문제가 생겼다고 해서 문주의 명령으로 오게 되었소."

망료는 다른 둘 에게도 똑같은 질문을 했다. 다른 둘도 같은 대답을 했다.

도남기가 왜 그러냐는 듯 물었다.

"우리가 온 게 이상하오? 우리의 형제나 다름없는 석림방이 공격당했는데 같은 독문인 우리가 오지 않으면 그게 이상한 것 아니겠소이까?"

"맞소, 맞소. 같은 형제끼리니까. 석림방이 화를 입었으니 다들 와 보는 게 당연한 일이오."

망료가 고개를 끄덕였다.

진자강의 화살이 향할 곳을 예측할 수 있는 단어였다. 망료는 저도 모르게 빙긋 웃었다.

독곡의 고수 노육이 인상을 쓰며 재촉했다.

"혼자 웃지만 말고 얘기를 해 보시오. 무림맹의 입장이 어떻다는 거요?"

"아, 미안하오."

망료는 잠시 말을 고르는 척하다가 천천히 말을 내뱉었다.

"이번 일은 무림총연맹 내의 반대 세력에 의한 짓인 것 같소이다. 무림맹에서는 그렇게 보고 있소."

망료가 무림총연맹을 대표해서 나온 조사관이기 때문에 망료의 말은 무게가 있다.

독곡의 노육이 이를 갈았다.

"맹 내의 불온 세력은 일전에 모두 제거했다고 하지 않았소이까!"

망료는 속으로 여전히 빙글빙글 웃고 있었다.

어차피 팔 년 전에도 지독문을 멸망시킨 것이 진자강이라고 주장한 망료의 말은 아무도 믿지 않았다.

그래서 망료는 생각을 바꿨다.

그들이 원하는 대답을 해 줬다.

정확히는 백리중이 원하는 대로였다.

망료는 진자강이 범인이라고 했던 말을 바꿔서 백리중의 반대파가 지독문을 공격했다고 증언했다.

그 대가로 백리중은 반대파를 쳐 낼 수 있었고, 망료는 무림총연맹에 입성했다.

방금 노육이 한 말, 무림총연맹의 불온 세력이 다 제거되지 않았느냐는 말이 바로 그것을 두고 한 말이었다.

이들은 지독문이 멸문한 것이 독문을 반기지 않는 무림총연맹의 일부 세력 때문인 것으로 알고 있었다.

망료가 목소리를 가다듬으며 말했다.

"나도 그런 줄로 알았지. 하지만 잔당이 남아 있었던 모양이오."

도남기도 분노했다. 도남기는 코를 만지작거리면서 소리를 질렀다.

"왜 자꾸 놈들이 우리만 건드리는 거요! 우리를 이용해 먹을 땐 언제고!"

망료 역시 분노한 표정으로 말했다.

"형제들은 나를 믿으시오. 나는 이번 일을 끝까지 파헤쳐서 우리 운남 독문을 건드린 무림총연맹 내의 역도들을 반드시 잡아낼 것이외다. 석림방 방도들의 억울한 원혼을 달래지 못한다면 내 목을 내놓겠소!"

망료의 단호한 결의는 매우 효과가 좋았다. 세 독문의 고수들은 목까지 걸겠다는 망료의 말에 감격한 듯 입을 꾹 닫고 고개를 끄덕였다.

"그러니까 세 분은 여기 있는 이 증거들을 아무도 건드리지 못하도록 최선을 다해 지켜 주시오. 나도 조사가 끝나는 대로 맹으로 올라가 바로 보고를 올리겠소이다."

"알겠소."

"우리가 있는 한, 누구도 증거를 훼손하지 못할 것이오."

하지만 망료는 백리중의 반대파나 무림총연맹의 지위 따위는 관심도 없었다.

망료에게 있어 중요한 건 오직 진자강 하나뿐이다.

앞으로 돌아가는 모든 것은 오로지 진자강을 중심으로 만들어 버릴 생각이다.

진자강을 괴롭혀 죽일 수만 있다면 망료는 강호 전체를 제물로 갖다 바쳐도 상관없었다.

원대한 복수의 시작.

조만간 바로 그 시작점이 열릴 것이었다.

망료는 현장을 둘러보고 있는 세 독문의 고수들을 보면서 화상으로 잃은 눈을 손으로 쓰다듬었다.

아까부터 눈이 시큰거리고 있었다.

그 이유야 말하지 않아도 뻔한 터.

"자아, 어떤 놈이 먼저일까."

다행히도, 망료의 중얼거림은 셋 중 아무도 듣지 못하였다.

*　　　*　　　*

석림방에 파견된 건 철산문, 암부, 독곡의 고수만이 아니었다.

수행할 무사들도 함께 파견되었는데, 파견된 무사들은 숙소를 지키거나, 마을을 돌아다니면서 사람들이 목격한 바를 캐묻고 다녔다.

독곡의 무사 둘도 그들 중 일부였다.

무사들이 한 집의 대문을 발로 걷어찼다.

"여기 사는 놈 나와!"

장년인 한 명이 벌벌 떨며 문을 열고 나왔다.

"무, 무슨 일이십니까?"

"최근에 이상한 놈들 본 적 있어, 없어?"

"이상한 사람들요? 없, 없는뎁쇼. 그 날 장원이 불타는 걸 보고 전 무서워서 그냥 숨어 있기만 했습니다요."

눈이 찢어진 무사가 장년인을 윽박질렀다.

"똑바로 말 못 해?"

"저, 저는 그 날 무슨 일이 있었는지도 모릅니다!"

옆에 있는 독곡의 대머리 무사도 이를 드러내며 함께 협박했다.

"잘 생각해 봐. 감히 우리 형제들을 건드린 놈들이야. 괜히 감싸 주려다가 좋지 않은 꼴을 당하는 수가 있어."

"흐이익! 제가 왜 거짓말을 하겠습니까요."

그때 그들의 앞에 녹색 옷을 입은 철산문의 젊은 무사가 지나갔다. 젊은 무사는 뭘 하고 왔는지 얼굴이 숯검댕이여서 얼굴도 잘 보이지 않았다.

젊은 무사가 독곡의 둘을 보고 말을 걸었다.

"고생하십니다. 혹시 뭔가 알아낸 거라도 있으십니

까…… 전 아무것도 알아내지 못해서 혼나고 왔습니다."

"클클. 철산문의 젊은 친구가 안 됐구만. 그런데 우리도 아직 알아낸 게 없어. 하나하나 족치는 중이야."

"휴우, 그렇군요."

얼굴이 시커먼 철산문의 젊은 무사가 독곡의 무사들을 보고 고개를 까딱하곤 지나쳐 갔다.

절룩절룩.

그때 철산문의 무사가 지나가는 뒷모습을 본 장년인이 뭔가 생각난 듯 말했다.

"아…… 그러고 보니 그 한참 전에 타지에서 온 거지 한 명이 있었습니다요. 우리 마을에는 거의 타지 사람이 안 오기 때문에 희한하다고 생각했는데요……."

"뭐? 거지? 놈들이 아니고, 놈? 하나뿐이었어?"

"네. 한 명뿐이었습니다."

"더 자세히 말해 봐!"

"그러니까……."

장년인이 머리를 짜내느라 고통스러운 표정을 짓다가 말했다.

"그냥 완전히 거지꼴이었는데…… 좀 젊어 보였고……."

"그리고."

"발을 절고 있던 게 기억납니다요."

"발을 절어?"

"예. 뒤에 서 계신 저 무사님처럼요."

"뭐? 뒤에?"

찢어진 눈의 무사와 대머리 무사는 갑자기 등줄기에 소름이 끼쳐서 동시에 뒤를 돌아보았다.

지나간 줄 알았던 철산문의 젊은 무사가 뒤에서 둘을 올려다보고 있었다.

하얀 이를 드러내고 웃으면서.

가뜩이나 시커먼 얼굴로 하얀 이를 드러내며 올려다보니 두 무사는 섬뜩할 수밖에 없었다.

"뭐, 뭐…… 뭐야!"

철산문의 젊은 무사는 둘이 왜 그러는지 모르겠단 투로 말했다.

"좋은 얘기가 있는 것 같아서 저도 좀 듣고 가려고요."

괜히 놀랐단 생각에 찢어진 눈의 무사가 소리를 질렀다.

"그딴 거 없어! 왜 등 뒤에 소리도 없이 와 가지고 사람을 놀라게 해!"

대머리 무사도 소리 질렀다.

"다리는 또 왜 절고!"

철산문의 젊은 무사가 억울한 투로 말했다.

"너무 그러지 마시죠. 저도 다리를 절고 싶어서 저는 게 아닙니다. 예전에 약문 놈들 목을 따다가 얻은 영광의 상처라고요."

"임마, 너만 약문 놈들 목을 땄어? 여기 이 친구와 내가 죽인 약문의 쓰레기들만 해도 열 손가락으로 다 못 꼽아."

대머리 무사도 한마디를 보탰다.

"갖다 버린 시체만도 두 수레는 족히 되지."

"아, 예예. 그러시군요. 뭐 좋은 얘기가 없으면 전 그냥 가보겠습니다."

철산문의 젊은 무사는 퉁퉁거리면서 다시 갈 길을 가 버렸다.

찢어진 눈의 무사와 대머리 무사가 씩씩거렸다.

"에이씨, 별것이 다 사람을 놀라게 하네."

"괜히 식겁했잖아."

그런데 둘은 무슨 생각을 했는지 동시에 말이 없어졌다. 대머리 무사가 어색한 표정으로 찢어진 눈의 무사에게 물었다.

"저기 말야. 내가 혹시나 잘못 봤나 싶어서 물어보는 건데 말야. 아까 그놈 나이가 이십은 되어 보였어?"

"아니. 더 어려 보이던데."

"약문 일은 팔 년 전인데……."

약문의 목을 땄다는 게 설마 열 살 때일까? 열 살 때부터 약문 놈들을 죽이고 다녔다고?

어딘가 시기와 나이대가 맞지 않는다.

대머리 무사와 찢어진 눈의 무사가 뒤를 돌아보았다. 철산문의 젊은 무사가 절룩대며 걸어가는 뒷모습이 보였다.

찢어진 눈의 무사 얼굴이 굳었다.

"저놈 철산(鐵傘)을 안 들고 있어."

"나도 그렇게 봤어."

그때 막 철산문의 젊은 무사가 힐끔 뒤를 보더니 다리를 절면서 급하게 모퉁이로 들어가 버리는 게 보였다.

둘은 눈빛 교환을 했다.

뭔가 수상하다!

쨍.

둘은 각기 비수와 갈고리를 뽑아 들고 바로 젊은 무사의 뒤를 쫓아 달렸다.

철산문의 무사가 철산을 들지 않았다는 것은 말도 되지 않는 얘기였다. 검문(劍門)의 문도가 검을 차고 다니지 않는 것과 마찬가지였다.

"석림방 사건과 관계있는 놈이 틀림없어!"

"어쩐지 이상하다 싶더니!"

둘은 힘껏 달려서 모퉁이를 돌았다.

그런데 막 골목에 들어선 순간에 둘을 향해 누런 가루가 뿌려졌다.

팍!

전혀 예상하지 못한 일에 두 무사는 손을 허우적거렸다.

"으악!"

"내, 내 눈!"

두 무사는 눈을 뜨지도 못하고 사방을 향해 마구 칼질을 해 댔다. 서로가 서로의 몸을 긁어서 상처를 낼 뿐이었다.

"으아! 그만!"

"나야 나!"

두 무사가 엉거주춤하며 서로 공격하는 걸 멈춘 사이, 진자강은 한 번 더 독분(毒粉)을 뿌렸다.

석림방에서 챙겨 온 독분이었다. 진자강이 주로 쓰던 독보다는 살상력이 떨어지지만 그래도 애초에 사람을 죽이려고 만든 독이라 위력이 낮지는 않았다.

단사를 곱게 빻아 만든 가루에 다른 독을 섞어 놨는데 주로 점막에 작용을 했다. 이를테면 눈이나 입과 코, 같은 곳이다.

"컥컥."

"크윽."

두 무사는 얼굴을 감싸 쥐고 비틀거렸다. 눈물이 독분과 엉겨 눈에 끈적하게 들러붙고 코와 입에도 비슷한 것이 엉겨 호흡을 방해하고 있었다.

두 무사는 헉헉대면서 보이지도 않는 눈으로 주변을 두리번거렸다.

진자강이 둘의 앞에 서서 입을 열었다.

"둘이 죽인 약문 사람들 숫자가 열 손가락이 넘는다고 했습니까."

질문인지 아닌지 알 수 없는 무덤덤한 목소리였다. 진자강의 목소리를 들은 두 무사는 정신이 확 들었다.

두 무사가 무릎을 꿇은 채 사정했다.

"대, 대협! 살려 쥬십쇼!"

"그, 그건 다 거쥔말이었듭니다! 뎌흰 그런 놈들이 아닙니다!"

두 무사는 입과 코에 독분이 들러붙어 발음도 제대로 하지 못했다. 그럼에도 변명에 최선을 다했다.

"집에 애들이 있습니다. 제, 제발 자비를!"

진자강은 둘을 가만히 보다가 물었다.

"팔 년 전, 약문을 공격한 일에 당신들은 얼마나 개입했습니까."

대머리 무사가 눈물 콧물이 범벅이 된 얼굴로 외쳤다.

"뎌희 같은 졸개는 그냥 쉬키는 대로 했술 뿐입니다."

"시키는 대로 죽였다. 그겁니까?"

"그, 그게 아니라……!"

찢어진 눈의 무사도 적극 항변했다.

"우리 독곡은 관리를 맡아서 실질적인 일은 거의 안 했……."

두 무사가 입을 벌리고 항변하는 순간.

확!

진자강은 독분을 더 뿌렸다. 그 바람에 말을 하던 두 무사의 입에는 더 많은 독분이 들어갔다.

"우어억!"

"커억어억! 너무하잖아! 커억!"

두 무사가 어이없다는 듯 악을 썼다. 사람에게 말을 시켜 놓고 독을 뿌리는 건 정말 너무하지 않은가!

그러나 진자강은 신경도 쓰지 않았다. 어차피 저들에게서 반성이나 속죄를 받아 낸다는 건 생각도 안 했다. 마지막 순간에 양심의 가책이 들게 만든다고 해서 저들을 죽이지 않을 것도 아니었다.

필요한 정보는 이미 시체가 되어 버린 다른 독문의 무사들에게 들었다.

두 무사가 억울함을 토로하며 바닥을 구르자 그 모습을 지켜보던 진자강이 차갑게 말을 내뱉었다.

"억울하면 억울한 대로 죽으면 됩니다. 댁들에게 죽은

우리들 역시 그랬으니까."

"끄으으으……."

두 무사는 피가 나도록 목을 쥐어뜯었다. 숨을 쉬지 못해 목과 얼굴에 퍼런 핏줄이 돋아날 정도로 고통스러워하다가 천천히 죽어 갔다.

진자강은 두 무사의 시체를 골목 안으로 끌어다가 구석에 처박아 놓았다. 숨기거나 할 필요성은 느끼지 못했다.

벌써 죽인 숫자가 열을 넘어간다. 지금쯤이면 슬슬 알아챌 때가 되었을 것이다.

진자강은 골목 밖으로 나갔다.

방금 전까지 독곡 무사들에게 잡혀서 고초를 당하던 장년인과 진자강의 눈이 마주쳤다. 장년인은 두려움에 몸을 떨고 있었다.

진자강은 입술에 손가락을 올려 보이고는 자리를 떴다.

원래 진자강은 석림방을 멸문시키고 떠나려 했었다.

그러나 막상 떠나려 하니 적들에 대해 아는 게 아무것도 없다는 걸 깨달았다.

하다못해 어디에 본거지가 위치했는지도 몰랐다.

하여 진자강은 생각 끝에 그냥 남았다.

산속 깊이에 있는 지독문과 달리 석림방은 마을 어귀에

드러나 있다. 석림방이 불타고 몰살당한 것이 운남 독문에 금세 알려질 터였다.

하면 어떤 식으로든 독문이 움직일 거라 생각했고, 그들이 찾아오면 찾아온 이들에게서 정보를 얻으면 된다고 생각한 것이다.

과연, 진자강의 생각대로 남은 독문 세 군데가 모두 이곳을 찾아왔다!

그리고 진자강은 그 세 독문에 속한 무사들을 잡아 족쳐 필요한 정보들을 대부분 알아낼 수 있었다.

'삼대 독문! 남은 당신들도 대가를 치러야 한다.'

그러나 다음 복수를 위해 떠나기 전, 할 일이 있었다.

이곳을 찾아온 세 독문의 나머지 무리들을 처리하는 게 바로 그 일이었다.

*   *   *

저녁이 되자, 석림방의 장원을 조사하던 망료와 독문의 세 고수는 이튿날 다시 만나기로 하고 장원을 나왔다.

망료를 제외한 나머지 세 독문은 석림방 장원이 위치한 인근의 민가에 자리를 잡고 있었다.

물론 살던 이들은 강제로 내쫓고 자신들이 머물고 있는

것이었다.

철산문의 장로 도남기 역시 주인을 몰아내고 차지한 민가의 숙소로 돌아왔다.

그런데 민가의 앞에서 암부의 무사가 기다리고 있다가 도남기를 보고 다가오며 고개를 숙였다. 그러곤 도남기에게 목패 하나를 건넸다.

도남기가 목패를 받지 않고 코를 매만지며 물었다.

"뭐냐. 킁."

암부의 무사가 고개를 조아리며 대답했다.

"보여드리라고 하셨습니다."

도남기는 목패를 받아 보았다.

석림방 방주였던 조양의 이름이 적힌 나무 명패였다.

이리저리 둘러봐도 조양의 명패라는 것 외에는 다른 명패와 별다를 게 없었다.

"이걸로 어쩌라고?"

"저는 이걸 보여드리라고만 들었습니다. 그럼."

도남기는 목패를 만져 보고 꾹꾹 눌러보기도 했지만 이상한 점을 찾아내지 못했다.

"구상월이가 방금까지 같이 있어 놓고 이상한 짓을 하는군. 킁."

암부의 무사가 준 것이니 당연히 암부의 구상월이 시킨

일이라고 생각했다.

도남기는 실소를 지으며 민가로 들어섰다.

한데 뭔가 분위기가 어수선했다.

"왜들 그래?"

철산문의 무사가 어리둥절한 얼굴로 대답했다.

"탐문을 나간 동료들이 아직 돌아오지 않았습니다."

벌써 해가 졌다. 돌아와서 보고해야 할 때가 한참 지났는데도 돌아오지 않았다.

도남기가 수를 세어 보니 당장 자리에 있는 무사가 넷뿐이다. 열 명을 데리고 왔는데 여섯이 비었다.

둘은 수행하느라 석림방 장원에 데리고 갔었고, 둘은 이집을 지키고 있었으니까 밖으로 나간 무사들 전부가 돌아오지 않은 셈이다.

"이것들이 뭐하느라 늦장을 부리는 거야?"

잠깐 더 기다렸지만 여전히 소식이 없었다.

도남기는 묘한 기분이 들었다.

"안 되겠다."

직접 찾으러 나가려는 찰나였다.

"으어어억!"

얼굴이 이리저리 부어서 엉망이 된 데다 전신에 피 칠갑을 한 철산문의 무사가 철산을 든 채 민가로 뛰어 들어왔다.

철산문의 무사들이 놀라서 모여들었다.

피 칠갑을 한 철산문의 무사가 비명을 토하듯 한마디를 내뱉으며 앞으로 고꾸라졌다.

"적이…… 급습을!"

"뭣이!"

도남기와 철산문의 무사들은 긴장하며 밖을 내다보았다.

그때 피 칠갑을 한 무사가 고꾸라지면서 허우적거리는 듯하더니 갑자기 철산 안에 숨겨 뒀던 주머니를 꺼내 도남기에게 던졌다.

확!

허공에 누런 가루가 퍼졌다.

갑작스러운 공격이었지만 도남기는 빠르게 대처했다. 곧바로 숨을 멈추고 내공을 끌어 올리며 손에 들고 있던 철우산을 앞으로 펼쳤다.

파악!

철우산이 펼쳐지면서 누런 가루가 쏟아지는 걸 막아 냈다.

도남기는 그래도 제법 실력이 있는 고수다웠다. 침착하게 철우산을 휘저으며 누런 가루를 사방으로 날려 버렸다.

진자강은 기습이 실패하자 허리춤에 찬 독주머니를 두 개 더 꺼내 들었다.

그러고는 바닥에 주머니를 힘껏 던졌다.

도남기 같은 고수라 하더라도 독을 사방에 뿌려 놓으면 함부로 행동하기는 어렵다.

주머니에서 쏟아진 가루가 연기처럼 일어 진자강의 몸을 가리며 사방으로 퍼졌다.

"얼씨구?"

도남기가 흥미롭다는 얼굴로 진자강을 보았다.

하지만 무사들은 아니었다. 몰려들었던 무사들이 기침을 하며 다가서길 주저했다.

"너희들은 빠져 있어!"

도남기는 무사들에게 명령하며 철우산의 손잡이에 장치된 고리를 당겼다.

피잉!

철우산의 끝에서 발사된 독침이 진자강의 어깨에 박혔다.

피할 수도 없었다. 순식간에 어깨가 뻐근해지고 감각이 사라졌다.

진자강은 이를 악물고 몸을 뒤로 빼냈다. 마구 흩뿌려 놓은 독가루 때문에 도남기도 함부로 달려들지는 못했다. 움직이면 독분이 날릴 것이 뻔하기 때문이었다.

아주 잠깐 독분을 사이에 두고 소강상태가 되었다.

도남기가 내공을 담아 소리를 질렀다.

"네놈, 뭐하는 놈이냐!"

도남기가 목소리에 내공을 담은 건 적어도 진자강에게 잘 들리라고 하는 행동이 아니다.

진자강은 뻐근한 어깨를 붙들고 도남기를 쳐다보았다.

눈앞에 있는 도남기에게서 약점이 잘 보이지 않았다. 혹시나, 하고 생각하긴 했지만 기습이 실패할 줄은 몰랐다.

과연 석림방의 고수와는 급이 달랐다. 이들에 비하면 석림방이 너무나 약했던 건 사실이었던 것이다.

어쨌든 예상하지 못한 바는 아니었으므로 진자강은 허리를 펴고 꼿꼿이 섰다.

도남기의 눈썹이 꿈틀댔다.

"큿, 이놈 봐라?"

第五章

지옥개문(地獄開門)

　어느새 얼굴의 붓기가 가라앉으면서 진자강의 원래 외모가 보였다.

　도남기는 진자강을 알아보았다. 도남기가 자신의 코를 만지작대며 물었다.

　"너 조금 전에 암부 무사 복장을 하고 나한테 명패를 준 놈이지?"

　진자강이 고개를 끄덕였다.

　도남기의 미간이 찡그려졌다. 아깐 암부의 복장을 하고 있었는데 지금은 철산문의 복장을 입고 있다. 그렇다는 건 옷의 원래 주인들은 이 세상 사람이 아니라는 뜻이다.

"아직 돌아오지 않은 여섯 명도 네놈 짓이냐?"

진자강은 이번에도 고개를 끄덕였다.

도남기가 다시 물었다.

"네놈 처음 보는 놈인데, 어디 소속이냐."

진자강은 자기가 입고 있는 철산문의 복장을 손으로 당겨 보였다.

"철산문."

도남기의 입에 살기 어린 미소가 걸렸다.

"이거 이놈, 웃긴 놈이로구나? 네 어깨에 꽂힌 게 뭔지나 알고 농담하는 거냐? 그게 파절침(破節針)이라는 거다."

진자강은 어깨에서 침을 뽑았다. 반 뼘 길이의 장침이었는데 끄트머리가 푸르스름했다.

"이것이 파절침이라……."

파절침을 보는 진자강의 눈에 묘한 느낌이 어렸다.

주륵.

진자강의 코에서 금세 뜨거운 코피가 흘러나왔다.

"파절침에 맞으면 온몸 마디마디가 녹아 버리고 팔다리를 흐느적대다가 죽는다."

진자강의 눈동자가 초점 없이 흐릿해졌다.

진자강의 다리가 풀리며 몸을 휘청거리자 도남기가 인상을 썼다.

"아니, 잠깐. 이놈 왜 이렇게 독이 빨리 들어? 킁. 벌써 죽으면 곤란한데?"

배후를 캐야 하니 그냥 죽일 순 없었다. 그렇다고 독분이 잔뜩 깔린 바닥을 그냥 지나가는 것도 껄끄러웠다.

"쯧."

도남기는 호흡을 멈추고 내공을 끌어 올린 후, 바닥을 철산 끝으로 찍으며 뛰어올랐다. 독분이 깔린 바닥을 뛰어넘으려는 것이었다.

그런데 그때 도남기의 눈동자가 흔들렸다. 도남기는 갑자기 시야에 이상이 생긴 것을 깨달았다.

'시물혼화(視物昏花)!'

물체가 흐리게 보이고 꽃 같은 것이 반짝거리는 증상이었다. 시야가 잘못되어 진자강의 모습이 제대로 보이지 않게 되었다.

'뭐야. 언제 중독됐어?'

도남기는 마음이 급한 와중에도 잠깐 갈등했다.

앞이 잘 보이지 않는다는 건 굉장한 위험이다. 착지할 때 공격을 받으면 거의 무방비가 될 수 있다.

그렇다고 마구잡이로 철산을 휘두르기에도 좀 그렇다. 진자강이 마구잡이로 휘두른 철산에 맞아 머리통이 터져 죽기라도 하면 배후를 알아낼 수 없게 되고 만다.

'에이잉!'

하지만 파절침에 맞은 진자강이 무슨 반격을 하겠는가.

머리통을 터뜨리느니 해독약을 먹여 목숨은 붙여 놔야 무림총연맹에 있는 반역분자들을 잡는 데에 훨씬 더 유용할 것이다.

그렇게 생각한 도남기는 다소의 위험을 감수하고 공격을 포기했다. 대신 몸을 두 바퀴나 공중에서 회전시키고 철산을 펼쳐 몸을 보호하며 착지했다.

도남기는 눈을 꽉 감고 재빨리 내공을 눈으로 끌어 올려서 시력을 회복하려 애썼다.

그리고 눈을 떴는데.

앞에 있어야 할 진자강이 보이지 않았다.

'엇?'

그 순간 등이 화끈했다. 도남기는 몸을 돌리며 철산으로 뒤를 찍었다.

콰앙!

철산에 맞은 바닥이 박살나며 땅이 깊이 패었다.

다행히 진자강은 이미 바닥을 굴러 뒤로 피한 후였다.

역시나 독분이 풀풀 휘날려서 도남기는 더 이상 진자강을 쫓지 못했다.

'이익!'

도남기는 자신의 등 뒤에 손을 뻗어 침을 뽑았다. 그것은 다름 아닌 자기가 진자강에게 쏜 파절침이었다.

도남기는 눈물이 나서 잘 보이지 않는 눈을 억지로 뜨고 진자강을 보았다.

조금 전 파절침에 맞았을 땐 코피를 줄줄 흘리더니 지금은 또 아무렇지도 않아 보인다. 심지어 자기가 뿌려 놓은 독분 위를 자기가 굴러서 독분을 잔뜩 마셨는데도 멀쩡해 보인다.

'뭐야, 저거?'

그에 비해 도남기는 독분 때문에 숨을 계속 참고 있는 상태라 점점 호흡이 곤란해지고 있었다. 게다가 파절침까지 맞아서 얼른 해독약도 먹어야 했다.

'왜 저놈은 멀쩡하지?'

제아무리 상상 못 할 고수라 해도 파절침을 정통으로 맞았는데 멀쩡할 리가 없다.

'파절침이 불량인가?'

그런 것치고는 아까 코피를 흘리며 팔다리가 풀린 게 거짓이었던 것 같지는 않다.

'으윽!'

도남기의 등이 욱씬거리면서 슬슬 통증이 왔다. 온몸의 뼈마디가 아파 오기 시작했다.

'불량 아니잖아!'

다급해진 도남기는 철산의 손잡이에 달린 작은 뚜껑을 열고 튕겨져 나온 단환을 집어 먹으려 했다. 하지만 그 순간에 진자강이 다시 독분을 뿌렸다.

약을 먹으면 독분을 함께 먹어야 한다.

도남기는 분노하여 철산을 펼쳐 휘둘렀다. 바람을 일으켜 독분을 밀어내는데, 점점 숨이 가빠 오기 시작했다.

참는 것도 잠깐이지 내공을 쓰면서 숨을 쉬지 않으면 더 이상 버티기 어렵다.

'젠장!'

흉수로 보이는 저 젊은 녀석은 딱히 대단한 무공을 가지고 있는 것 같지도 않았다. 그런데 이렇게 고생을 해야 하다니!

도남기가 주변을 재빨리 훑어보았다.

물러서 있는 무사들이 기침을 하며 상황을 지켜보는 중이었다. 자기가 빠져 있으라고 했으니 지켜보는 모양이었다. 당장 공격하라고 소리를 치고 싶었지만 독분이 풀풀 날리고 있으니 그것도 불가능한 일이었다!

진자강이 계속 독분을 뿌리고 있어서 무사들은 오히려 점점 더 도남기로부터 멀어질 뿐이다.

'저 멍청한 놈들이!'

도남기는 마지막 남은 호흡까지 짜내어 철산을 펼쳤다. 손잡이의 장치를 눌러 우산의 머리 부분을 떼어 냈다. 그러곤 그것을 진자강에게 던졌다. 철산의 댓살 끄트머리는 날카롭게 갈려 있고 독까지 발라져 있다.

팽그르르!

둥그런 철산의 머리가 팽이처럼 회전하며 진자강에게 날아들었다. 진자강은 급히 바닥을 굴렀다.

콰작!

날아간 철산이 뒤쪽 기둥을 반이나 가르고 틀어박혔다.

도남기는 그사이 파절침의 해독제를 삼키고 짧게 한 모금의 호흡을 들이마셨다. 독분을 조금 마시기는 했지만 파절침의 위력을 생각한다면 그게 더 낫다고 판단했다.

'후읍! 됐다!'

호흡이 어느 정도 돌아오면서 내공의 순환이 훨씬 원활해졌다. 이제 제대로 해볼 만하다고 생각한 도남기가 막 진자강을 향해 걸음을 내디뎠는데…….

쿵!

갑자기 다리가 꼬이며 바닥에 머리를 처박고 엎어졌다.

머리가 바닥에 부딪쳐 깨졌는지 피가 흘러 뜨끈했다.

"어어……."

일어서려고 했는데 몸이 말을 듣지 않았다.

"어어어."

독에 몸이 마비된 것이다!

고개를 돌릴 수도, 몸을 움직일 수도 없어서 도남기는 그저 숨만 쉴 수 있을 뿐이었다.

습관처럼 코를 쿵쿵대며 숨을 쉴 때마다 바닥에 깔린 독분이 코와 입으로 빨려 들어왔다.

숨 쉬기는 점점 더 고통스러워지고 머리는 아득해져 갔다.

진자강이 쓰러진 도남기를 향해 말했다.

"어제부터 보니, 코를 만지작거리는 습관이 있더군요."

'응?'

"단사의 독액을 조금 묻혔습니다. 소량일 때 착시와 환각 효과가 있죠."

진자강이 무슨 얘기를 하나 생각하던 도남기는 아차 싶었다.

'젠장할. 명패!'

아까 건네줬던 그 명패에 독이 묻어 있었던 모양이다.

'착시와 환각이라며? 그런데 왜 내 몸이 마비된 거냐?'

시물혼화야 명패에 독이 묻은 걸 모르고 그 손으로 코를 만진 바람에 중독됐다지만, 몸이 마비될 일은 없었다. 파절침의 해독약까지 먹었는데 말이다.

"뭐에 중독됐는지 궁금합니까?"

도남기는 흐릿한 시야로 진자강을 노려보았다.

어차피 도남기는 죽음의 문턱에 와 있다. 그러니 이왕 죽을 거 이유나 알고 죽었으면 싶은 게 당연하다.

하지만 진자강은 도남기를 내려다보곤 도남기의 생각과 정반대로 말했다.

"뭐, 궁금하지 않을 수도 있겠죠."

'으응? 아니, 궁금해! 궁금하다고!'

진자강은 도남기의 대답을 기다리지 않고 그의 얼굴에 남은 독분을 다 뿌려 버렸다.

막 말을 하려던 도남기는 독분이 입에 잔뜩 들어와 숨이 턱 막혔다. 목이 타는 듯한 고통이 느껴졌다. 그러나 고통보다도 진자강의 말이 어이가 없어서 그게 더 환장할 것 같았다.

"끄윽, 끄으윽! 이, 이 새끼가…… 사람을 놀……!"

도남기는 몸이 굳은 채로 버둥거리지도 못하고, 입에서 피거품을 뿜으며 죽어 갔다.

원래 진자강은 도남기가 앞을 잘 못 보고 허둥대는 사이 손가락을 깨물어 곤륜황석유의 비상독을 뽑아낸 후, 파절침에 발랐다.

도남기는 파절침에 등을 찔렸으니 파절침의 해독약을 먹

으면 된다고 생각했지만, 실제로는 비상에 중독된 것이었다.

진자강은 도남기가 죽은 걸 확인하고 낮은 한숨을 내쉬었다.

결정적인 순간에 자꾸만 비상의 독에 의존하고 있다. 단전에 있는 비상이 얼마 남지 않았으니 좀 더 신중해야 하건만, 상대도 독을 쓰는 무인들인지라 쉬운 일이 아니었다.

가옥의 두꺼운 기둥을 반이나 가르고 들어간 철산을 보면, 도남기의 무공 실력이 결코 낮지 않다는 걸 알 수 있었다.

그러나 도남기는 제대로 무공을 써 보지도 못하고 당했다. 진자강이 사방에 독분을 뿌려 놓았기 때문이다.

독이란 게 이래서 무서운 거다.

자기보다 훨씬 더 강한 상대도 죽일 수 있으니까 말이다.

'하지만 아직은 갈 길이 멀다.'

매번 이렇게 위험해서야 목숨이 몇 개라도 부족할 터이다.

"으음."

진자강은 신음 소리를 냈다. 파절침의 영향으로 팔다리의 마디가 모두 쑤셨다.

하지만 고통을 참고 남은 무사들을 돌아보았다. 아까 도남기가 내공으로 큰 소리를 냈기 때문에 근처에 있는 독문 무사들이 그 소리를 들었을 가능성이 컸다.

최대한 빨리 남은 무사들을 죽이고 자리를 떠나야 한다.

"으아아아!"

갑자기 철산문 무사 한 명이 비명을 지르며 철산을 들어 올렸다.

푸슉!

철산에서 발사된 장침이 진자강의 복부에 꽂혔다.

진자강은 비틀거리며 인상을 찡그렸다.

그러나 쓰러지지 않았다.

파절침을 쏜 철산문 무사가 악을 썼다.

"죽어! 죽으라고!"

진자강은 똑바로 서서 철산문 무사를 노려보았다. 그리고 스스로 배에 꽂힌 파절침을 뽑았다.

파절침에 맞았지만 별다른 중독도 없이 멀쩡한 진자강을 보며 철산문의 무사들은 온몸에 힘이 빠졌다.

털썩.

다리가 풀려서 주저앉고 피를 토하며 기침을 했다.

철산문 무사들은 진자강이 고수인 도남기를 죽이는 걸 보고 아까부터 겁에 질린 상태다.

파절침까지 통하지 않는 상대라니!

마치 전설에나 나오는 만독불침(萬毒不侵)과도 같지 않은 가!

진자강은 죽은 도남기가 들고 있던 철산을 들었다. 철산의 머리 부분을 날려 버렸기 때문에 꼬챙이처럼 뾰족한 우산대만 남아 있었다.

그것을 들고 철산문 무사들을 향해 걸어갔다.

철산문의 무사들은 심하게 기침을 하며 두려운 눈으로 진자강을 바라볼 뿐이었다.

"제, 제발……."

철산문 무사의 입에서 나온 말을, 진자강은 더 듣지도 않고 딱 잘라 버렸다.

"아직도, 아직까지도 살 수 있을 거라고 생각하는 사람이 없기를 바랍니다."

철산문 무사들은 진자강의 살기 어린 대답에 얼어붙었다.

그때 누군가 급하게 다가오는 듯, 멀리서부터 후다닥대는 발걸음 소리가 가까워지는 게 들려왔다.

진자강의 미간이 찌푸려졌다.

하지만 동작을 멈추진 않았다.

진자강이 우산대를 치켜드는 모습을 보면서 철산문 무사들의 눈동자가 공포로 물들었다.

＊　　　＊　　　＊

"으아악!"

비명 소리가 울려 퍼졌다.

비명 소리를 들은 암부 무사들의 걸음이 더 바빠졌다.

"여기다!"

암부의 무사들이 요란하게 마당에 들어섰다.

하나 마당에 들어선 순간, 암부의 무사들 다섯 명은 그대로 굳어 버렸다.

"이, 이게⋯⋯."

마당에 철산문의 문도 여러 명이 쓰러져 있었다.

심지어 철산문의 문도들을 이끌고 온 도남기까지도!

마당은 온통 싸움의 흔적으로 가득했다.

비명 소리가 들려온 지 얼마 안 되었기 때문에 암부의 무사들은 바짝 긴장해서 주변을 경계했다.

다행인지 불행인지 흥수는 이미 달아난 듯 아무런 기척도 느껴지지 않았다.

그때 갑자기 쓰러진 자 중 한 명이 신음 소리를 냈다.

"으⋯⋯."

마당을 지나 집 안으로 들어가는 문간에 걸쳐진 철산문

무사가 낸 소리였다.

암부의 무사들이 급히 소리를 낸 무사에게로 달려갔다.

"이봐, 살아 있나!"

"어떤 놈이 저지른 짓이야?"

암부의 무사들이 철산문 무사를 일으켜서 서로 질문을 던졌다. 하지만 철산문 무사는 생기를 잃은 눈으로 거품을 물고 있을 뿐이었다.

암부의 무사가 이상한 생각이 들어 철산문 무사의 몸을 이리저리 살폈다.

몸에 크게 상처가 없다. 그런데도 죽어 가고 있다?

"도, 독이야!"

암부의 무사들이 놀라서 몸을 일으켰을 때에는 이미 늦었다. 마당을 지나오면서 바닥에 잔뜩 뿌려진 독분을 모르고 흡입했기 때문이다.

"컥컥."

"이, 입 안이 이상해!"

암부 무사들은 급히 코와 입을 막았지만 그렇다고 이미 흡입한 독이 사라지는 건 아니었다.

흡입한 양은 많지 않지만 움직임에 불편을 주기에 충분했다.

암부의 무사들이 허둥대는데, 갑작스레 파공음이 울렸

다.

핑!

동시에 암부의 무사 한 명이 비명을 질렀다.

"억!"

무사의 허벅지에 장침이 박혀 있었다. 그것을 시작으로 계속해서 집 안에서부터 암기가 날아들었다.

피핑 핑!

암부의 무사들이 암기를 피하려 애썼지만 바로 앞 집 안에서 쏘는 것이라 피할 수가 없었다. 결국은 다섯 명 모두가 몸에 장침을 맞고 쓰러졌다.

암부의 무사들은 그제야 쓰러져 있는 철산문 무사들의 손에 철산이 보이지 않는다는 걸 깨달았다.

누군가 철산을 회수해 가서 암부의 무사들에게 쏜 것이다.

"으…… 으으으!"

철산에는 파절침을 쏘아내는 장치가 되어 있고, 그 파절침은 철산문이 사용하는 유명한 독이다.

파절침의 효과를 알고 있는 암부 무사들은 공포에 사로잡혀 비명을 질러 댔다.

"으아아아!"

"사, 살려 주십쇼!"

하지만 집 안에서 파절침을 쏜 자는 꼼짝도 않았다. 암부의 무사들이 전부 쓰러졌음에도 나올 생각을 않는다.

제일 먼저 파절침을 맞은 암부의 무사가 억지로 몸을 일으켜서 뛰어 달아나려 했다.

그러나 그는 몇 걸음 가지도 못했다.

우직.

듣기도 끔찍한 소리와 함께 무릎이 뒤틀렸다. 넘어지면서 손으로 바닥을 짚었으나 그 손의 팔꿈치마저 꺾였다.

"으아악!"

파절침의 독에 관절이 녹아 버린 것이다.

"껵, 껵."

심지어 마당에 온통 흩뿌려진 독분 때문에 입이 끈적하게 눌어붙어 숨을 쉴 수조차 없게 되었다.

"살려……."

암부의 무사들은 극도의 공포 속에서 죽어 가고 있었다.

그런데 그때, 그림자 하나가 지붕에서 나타났다. 암부의 무사들이 소란을 떨며 마당으로 진입할 때 담을 통해 지붕까지 올라간 그림자다.

그림자는 기둥을 타고 은밀하게 집 안으로 파고들었다.

그러다가 문간의 안쪽에 숨어 있는 사람의 뒤로 떨어져 내렸다.

철산을 들고 밖을 내다보던 사람은 그림자의 존재를 전혀 눈치채지 못한 듯 바깥쪽만 보며 그대로 서 있을 따름이었다.

빠드득 이를 가는 소리와 함께 그림자에서 비수가 튀어나오더니 철산을 든 사람의 등에 비수를 박았다.

콱!

그리고 동시에 양어깨를 잡아 일으키며 어깨뼈를 탈골시켰다.

우드득.

들고 있던 철산과 양팔이 힘없이 떨어지자 머리카락을 붙잡아 넘어지지 않게 붙든 다음, 몸을 돌려서 발로 무릎을 찍어 눌렀다.

와지직!

한쪽 무릎이 부서지며 발이 거꾸로 휘었다. 거기서 그치지 않고 다른 다리의 정강이까지 걷어찼다. 빠직, 소리를 내며 정강이뼈가 부러졌다.

눈 깜짝할 순간에 네 팔다리를 모두 못 쓰게 만들어 제압한 것이다. 그 손속은 번개 같음을 넘어서서 잔혹하기까지 했다.

그림자는 그제야 잡고 있던 머리카락을 놓아주었다.

털퍼덕.

팔다리를 못 쓰게 된 사람이 바닥에 널브러진 채 고통스러운 얼굴로 얼굴에 진땀을 흘려 댔다.

그림자, 암부의 고수 구상월은 바닥에 쓰러진 그를 내려다보았다.

구상월의 얼굴은 분노와 황망함으로 잔뜩 일그러져 있었다.

"감히……."

구상월도 석림방의 장원에서 거처로 돌아간 후에 문제가 생겼다는 걸 알아챘다. 무사 아홉을 데려왔는데 넷이 돌아오지 않았던 것이다.

그래서 마을을 돌아다니고 있었는데 도남기가 내공을 담아 내지르는 소리를 들었다.

구상월은 도남기가 내공을 담아 외칠 정도라면 보통 일이 아니라고 생각했다.

그것은 아마도 흉수에 관련된 일일 터!

정면으로 달려가면 자신도 낭패를 볼 수 있었다.

하여 무사들을 먼저 보내고 자신은 몰래 흉수의 뒤를 노린 것이다.

한데 잡고 보니 겨우 한 입 거리밖에 안 되는 놈이었다!

이런 놈에게 철산문이, 도남기까지 다 죽었다니!

더욱이 암부의 무사들까지 전부 당해 버렸다. 바깥마당

에 몇몇이 살아 꿈틀거리긴 하나 어차피 해독하기에도 늦어 죽은 거나 다름이 없었다.

구상월은 이를 갈았다.

고통 때문인지 바닥에 널브러진 자의 눈은 까뒤집혀 있었다. 기절한 모양이었다.

구상월이 발을 들어서 바닥의 손을 밟았다. 손뼈가 부서지는 소리가 집 안을 울렸다.

까뒤집혔던 눈이 돌아왔다. 고통으로 진땀을 뻘뻘 흘리고 있으면서도 공포에 사로잡힌 눈으로 구상월을 올려다보고 있었다.

구상월은 뒷짐을 지더니 여전히 손을 밟은 채로 몸을 굽혀서 널브러진 자에게 말했다.

"이제부터 내가 묻는 말에 제대로 대답하지 않으면, 네놈은 지옥 구경을 하게 될 거다. 장담컨대 그건 네가 이제껏 겪어 보지 못한……."

한데 구상월은 말을 끝맺을 수 없었다.

갑자기 등줄기에 소름이 돋은 탓이었다.

"이, 이놈?"

왜 이렇게까지 손을 썼는데 비명을 지르지 않지? 하는 의문이 들었는데, 보니까 입이 엉망이 되어 있었던 것이다.

목까지 부어 있어서 아예 말을 할 수 없는 상태였다.

이건 어딘가 이상하지 않은가!

구상월은 식은땀이 흘렀다.

그 순간.

푸슝!

파공음과 함께 아주 가까운 곳에서 누군가 파절침을 쏘았다!

그것도 낮은 곳에서!

구상월은 급히 땅을 박차고 몸을 위로 띄웠다. 발밑으로 아슬아슬하게 파절침이 스쳐 지나갔다.

그러나 이미 피할 걸 예상한 듯 한 번 더 파절침이 발사되었다.

구상월은 공중에서, 그것도 하필 아래로 몸을 굽히고 있는 터였으므로 항문 근처에 파절침이 꽂히고 말았다.

"큭!"

구상월은 공중에서 버둥거리다가 억지로 몸을 틀어 착지했다. 회음부에 장침이 꽂혀 있어서 제대로 착지하지 못하고 다리를 벌린 채 엉거주춤한 자세로 섰다.

회음부에서부터 올라오는 고통과 독이 구상월의 등뼈를 저릿하게 만들었다.

파절침을 쏜 건 탁자 아래에 숨어 있던 다른 자였다.

구상월이 엉덩이 아래로 손을 뻗어 파절침을 뽑으려 했

는데, 숨어 있던 자는 그렇게 내버려 두지 않았다.

파절침이 명중한 걸 보자마자 달려들었다.

구상월은 파절침을 뽑으려다 말고 똥을 싼 것처럼 불편한 자세로 피할 수밖에 없었다.

"이, 이놈이!"

당황스러움과 창피함에 뒷걸음질 치는 구상월의 얼굴이 붉게 달아올랐다.

진자강은 들고 있던 철산을 버리고 다른 철산으로 바꿔 들면서 손잡이의 고리를 잡아당겼다.

핑!

파절침이 발사되었다. 구상월의 심장을 노리고 있었다.

구상월은 다리를 벌린 마보의 자세에서 허리를 뒤로 눕혔다. 파절침이 아슬아슬하게 위로 스쳐 지나갔다.

그 상태에서 허리를 세우면 역공을 당할 수 있으므로 구상월은 허리를 뒤로 눕힌 채 오른발 뒤꿈치로 바닥을 밀었다.

구상월의 몸이 미끄러지듯이 뒤로 쭉 밀려 나갔다. 순식간에 진자강과 네 걸음 정도의 거리만큼 벌어졌다.

구상월은 그 틈에 항문 근처에 꽂힌 파절침을 뽑고 내공을 돌렸다. 독이 돌지 못하도록 주위의 혈도를 눌러서 폐쇄시켜야 했다.

하지만 아무리 고수라도 엉거주춤 다리를 벌리고 선 자세에서 항문 근처의 혈도를 누르는 것이 쉬운 일은 아니었다.

심지어 포대 자루처럼 생긴 바지를 입었기 때문에 다리를 벌리고 있으면 바지가 팽팽하게 당겨져 허벅지에 걸린다. 옷이 방해되어 혈도를 누를 수가 없는 것이다.

"끄으응!"

살자면 할 수 없었다. 구상월은 바지 가운데를 찢어 버리고 항문 근처의 혈도를 눌러 독이 퍼지지 않게 했다. 그러나 이미 어느 정도 독이 퍼진 상태라 하복부가 얼얼했다. 살아난다고 해도 하복부가 멀쩡할지 확신할 수 없었다.

어쩌면 파절침을 맞은 부위를 다 도려내야 할 판이다. 남자의 상징까지 포함된 부위 전부를 말이다.

으드득!

구상월은 분노했지만 워낙 경험이 많은 자였기 때문에 금세 이성을 찾았다.

어찌 되었든 죽는 것보다는 사는 게 나은 것이다.

구상월은 길게 호흡을 하며 흥분을 낮추었다.

진자강은 구상월의 눈빛이 가라앉은 걸 보고 아쉬워했다. 무공 실력이 있고 경험이 많은 고수들은 이렇듯 금세 침착해져서 빈틈이 없어진다.

일단 중독되었다는 걸 인지하면 내공을 이용해 독이 퍼지는 걸 막기도 해 까다롭다.

몰래 중독을 시키는 게 중요한 건 그래서다. 독이 어느 정도 퍼진 후에 알아채면 그만큼 독을 막기가 어려우니까.

당장에 급한 대로 철산문 무사들을 미끼로 써서 이만큼 먹힌 것만도 다행이었다.

이젠 진자강도 섣불리 덤벼들 수가 없었다. 뒤에서 기습적으로 쏜 암기도 피하는 고수다. 피하는 자세가 좋지 않아 한 발을 운 좋게 맞춘 것이지, 정면에서 상대하면 승산이 없다.

이럴 땐 오히려 시간을 끄는 것이 진자강에게 유리하다.

진자강은 심호흡을 하며 뾰족한 철산을 들고 구상월을 노려보았다.

한편 구상월은 진자강과 대치하면서 묘한 느낌을 받았다.

진자강의 몸동작이나 자세는 어딘가 어설프다. 그러나 눈빛이나 기세만큼은 백전노장에 가까웠다. 하수이면서 하수답지 않은 상반된 두 느낌이 동시에 느껴지는 것이다.

당장에 구상월이 침착함을 되찾자 급하게 덤벼들지 않고 독이 퍼지기를 기다리고 있지 않은가.

이러면 급해지는 건 구상월이었다.

구상월은 두 뼘 정도 되는 길이에 세모꼴 모양으로 된 뾰족한 칼을 꺼내 들었다. 독문의 무기들이 대체로 그러하듯이 칼에도 독이 발라져 있었다. 칼집 안쪽에 독이 배어 있어서 뽑으면 저절로 칼날에 독이 묻어 나온다.

구상월은 천천히 진자강에게 다가갔다. 하복부에 감각이 사라져서 제대로 된 보법을 밟을 수 없었기에 걸음은 다소 느릿했다. 엉금엉금 걸어가는 모양새를 피할 수 없다.

진자강은 구상월과 반대로 뒷걸음질을 쳤다. 집 안에 있는 물건을 이용해 구상월을 막아 보려는 생각인 듯, 의자를 집어 구상월에게 던졌다.

구상월은 의자를 일도양단(一刀兩斷)하여 반으로 쪼갰다.

쫘악.

진자강은 탁자 위에 있는 벼루를 집어 던졌다. 구상월은 고개를 옆으로 눕혀 가볍게 벼루를 피해 냈다.

진자강이 탁자를 발로 차서 구상월의 앞을 가로막았다. 구상월 역시 탁자를 발로 차서 옆으로 밀어 버렸다. 진자강은 쉬지 않고 물건들을 던졌다.

벽에 붙은 족자며 작은 함이며 목침이며 옷가지, 쟁반, 바구니 등 손에 잡히는 건 모두 던지면서 도망을 다녔다.

구상월이 자꾸만 몸을 쓰게 해서 독이 퍼지게 만들기 위함이다. 스스로 점혈을 해 독이 퍼지는 걸 막았다지만, 계속 내공을 쓰고 몸을 움직이면 어쩔 수 없이 혈도에 틈이 생겨 독이 샐 수밖에 없었다.

구상월은 보법을 쓸 수 없었으므로 빠르게 움직이기가 어려웠다. 진자강이 시간을 끌고 있다는 걸 뻔히 알아도 계속 나아갈 수밖에 없었다.

어차피 진자강은 이제 거의 구석까지 몰려 있었다.

점점 진자강과의 거리가 가까워지자 구상월은 움직임을 최소한으로 줄이고 칼을 쥔 손에 내공을 집중했다.

진자강은 철산까지 내던졌다.

고수라면 내공을 담아 창처럼 던졌겠지만 별 힘없이 그냥 던진 철산이다. 구상월은 손을 휘저어서 철산을 쳐 냈다.

별 위력이 없는 바구니나 목침은 그냥 맞아 줬다. 그런 건 툭툭 건드리며 귀찮게 시야를 방해하는 것에 불과하다.

거의 구석까지 몰린 진자강은 구석 협탁에 놓인 꽃병을 힘껏 던졌다.

꽃병에 담겨 있던 물이 구상월의 얼굴에 쏟아졌지만 구상월은 아랑곳하지 않고 꽃병을 쳐 냈다.

구상월은 눈도 감지 않았다. 진자강이 그사이에 달아나려고 몸을 낮추는 걸 본 탓이다.

과연 진자강은 꽃병을 던져 놓고 옆으로 빠져나가려다가

구상월이 두 눈을 부릅뜨고 있는 것을 보곤 바로 멈춰 섰다.

구상월은 입가에 만만한 미소를 머금었다.

진자강은 손에 아무런 무기도 들지 않았으며 구석까지 몰려 있는 상태였다.

구상월에게 잠깐의 여유가 생겼다. 구상월은 칼에 묻은 독을 자신의 옷자락에 문질러 닦아 냈다. 죽이지 않고 제압해서 고통스럽게 만들 생각이었다. 고문을 해 배후까지 캐낼 것임은 물론이다.

배후를 알아내 자기가 당한 것의 백배로 보복을 해야 직성이 풀릴 것 같았다. 그 정도는 해야 고자가 된 자신을 위로할 수 있지 않겠는가!

구상월이 구석에 바싹 붙어 있는 진자강을 향해 낮게 말을 내뱉었다.

"감히 내게 독을 써? 네놈, 평생 몸뚱이로 바닥을 기게 될 줄 알아라."

팔다리를 잘라 움직이지도 못하게 만든 다음 느긋하게 고문해 주리라!

"하나 순순히 굴복한다면 아량을 베풀어 밥 먹을 손 하나는 남겨 주도록 하지."

그런데 구상월의 말을 들은 진자강이 빤히 구상월을 쳐

다보는 게 아닌가!

"귀하가 내게 아량을 베풀어 준다 했습니까?"

"왜. 내 아량이 마음에 들지 않으냐?"

"아니, 그런 건 아닙니다. 단지 귀하가 아량을 베푼다면 마땅히 나도 그래야 할 터이나, 미안하게도 난 댁에게 아량을 베풀 생각이 없어서 말입니다."

구상월의 눈썹이 꿈틀댔다.

"이놈이 입만 살아서? 네놈에겐 자비가 필요 없겠구나!"

구상월이 진자강을 향해 달려들려는 찰나였다. 구상월은 갑자기 눈이 쑤시며 얼굴이 화끈대는 걸 깨달았다. 진자강의 모습이 흐릿하게 보여서 달려들 수가 없었다.

"뭐, 뭣!"

중독됐다.

구상월은 심장이 다 덜컥 내려앉았다.

진자강이 구상월을 향해 씹듯이 말을 내뱉었다.

"누가 누구에게 감히 자비를 베푼단 말입니까?"

구상월은 이를 갈았다.

"꽃병에 담긴 물!"

얼굴에 뒤집어쓴 건 그것밖에 없었다.

"으아아!"

보통의 독이 아닌 듯 굉장히 고통스러웠다. 순식간에 얼굴에 수포가 차오르고 시야가 뿌예졌다.

그 와중에 진자강의 그림자가 흔들리자, 구상월은 급히 칼을 뻗었다.

진자강은 대비가 되어 있었다. 보법을 밟으며 몸을 틀어 구상월의 칼을 겨드랑이로 스쳐 가게 했다. 하지만 구상월의 일검이 워낙 빨라 완전히 피하지는 못했다.

옆구리의 늑골 위를 훑으며 칼이 길게 베고 지나갔다. 피가 금세 터져 나왔다.

스쳐 간 칼이 벽에 깊숙하게 박혔다.

진자강은 이를 악물고 한 모금의 진기를 받아들여 내공으로 만들었다. 자기보다 실력이 좋은 고수와 싸우며 이 정도의 상처는 각오한 터.

오른 다리에 내공을 실어 구상월의 아랫도리를 발로 걸어 올렸다.

뻐억!

묵직한 소음과 함께 구상월의 몸이 껑충 허공에 떴다.

그러나 이미 감각이 사라져 있는 탓에 구상월은 큰 통증을 느끼진 못했다. 다만 사타구니에 독이 퍼지지 않도록 억지로 눌러 놓은 점혈이 풀려 파절침의 독이 확 몸으로 퍼지는 걸 느꼈을 뿐이다.

"크아아!"

구상월은 눈이 보이지 않음에도 진자강을 향해 손가락 끝을 세워 찍어 갔다.

진자강은 급히 바닥을 굴렀다.

콰직, 나무 벽체를 뚫고 구상월의 손이 파고들었다. 진자강이 의자를 들어 구상월의 등을 후려쳤다. 구상월은 손이 빠지지 않아 망아지처럼 뒤로 발길질을 했다.

쾅!

구상월의 발에 부딪친 의자가 산산조각이 났다. 진자강은 부서진 의자 조각을 붙들고 그대로 구상월의 등허리를 찍었다. 끝이 날카로워진 나무 파편이 구상월의 등허리에 박혔다.

"끄윽!"

구상월은 새어 나오는 신음을 이를 악물고 참으면서 벽에 꽂힌 손을 뽑았다. 이어 몸을 돌리면서 뒤를 후려쳤다. 진자강은 팔로 구상월의 팔뚝을 막았다.

퍽!

구상월의 강한 힘에 밀린 진자강은 옆으로 나동그라졌다.

"큭!"

진자강은 잠깐 동안 팔을 펴지 못했다. 팔이 으스러지듯 아파 왔다.

구상월은 진자강의 신음 소리로 진자강의 위치를 확인했다. 허공으로 뛰어오른 후 남은 힘을 모두 끌어모아 양발로 아래를 밟았다. 진자강은 옆으로 몸을 굴렸다.

콰— 직!

구상월의 양발이 마룻바닥을 뚫고 들어갔다. 그러나 구상월도 멀쩡하지는 않았다. 파절침의 영향으로 무릎 관절이 녹아 있었다. 뼈가 어긋나며 무릎뼈가 살을 뚫고 튀어나왔다. 발이 땅에 박힌 채로 움직이지 못하고 허수아비처럼 서 있게 된 것이다.

"으…… 으으."

이미 보이지 않는 눈으로 구상월이 진자강을 찾아 두리번거렸다. 진자강은 팔을 털면서 일어났다.

구상월의 몸이 흐느적거리고 있었다. 파절침 때문이다. 그러나 파절침이 아니라 비상의 독 때문에라도 곧 죽을 목숨이다.

구상월은 거품이 흘러나오는 입을 열어 억지로 물었다.

"이…… 이놈…… 대체 네놈은 누구냐."

"그게 이제야 궁금합니까?"

"크윽…… 조롱하지 마라!"

진자강은 구상월의 앞으로 갔다. 그러곤 벽에 박혀 있는 구상월의 칼을 뽑으며 짧게 대답했다.

"백화절곡의 생존자."

"배, 백화……?"

구상월의 잿빛 눈동자가 부릅떠졌다.

백화절곡은 약문 일파다.

그렇다면 자신의 눈앞에 있는 놈은 다름 아닌 약문의 후손. 석림방을 멸문시키고 자기들을 공격한 이유도 충분히 이해가 되는 것이다.

약문 일파는 모조리 사로잡아서 죽이고 고문했다. 나중에는 갱도에 처넣은 생존자들까지 모두 생매장시켜 죽였다.

그런데 살아남은 자가 있었다니!

그것도 무려 팔 년이나 지났는데 말이다.

무엇보다 전멸한 줄 알았던 자들의 후손이니 그 복수심이 오죽하겠는가!

실력은 대단치 않지만 독을 다루는 수법이 만만치 않다. 다른 독문들이 이놈의 정체를 모른 채 당한다면 독 때문에 큰 피해를 입을 것이다.

"크으으!"

구상월은 고통스러운 척 몸을 뒤틀었다. 하복부에서 피가 철철 쏟아지고 있었다.

구상월은 손가락에 몰래 그 피를 묻혔다.

그러곤 슬쩍 뒤쪽 벽에 글씨를 썼다.

길게 쓸 순 없었다.

'약문(藥門).'

그 두 글자면 충분하다. 다른 독문의 동도들이 자신이 남겨 둔 이 두 글자를 보고 경각심을 갖게 될 것이었다.

"어떻게…… 살아남았느냐?"

진자강에게 말을 걸어서 주의를 분산시키는 것도 잊지 않았다.

그러나 진자강에게 말을 걸며 막 한 획을 그었을 때, 손끝에 감각이 사라지면서 갑자기 손가락이 불에 덴 듯 뜨거웠다.

후두둑!

진자강이 손가락을 자른 것이다.

"으아아아!"

구상월은 비명을 질렀다.

진자강은 비명을 계속 듣고 있을 생각이 없었으므로 구상월의 목을 베었다.

구상월은 더 소리를 내지 못하고 베인 목으로 피만 게워 냈다.

부글부글 피거품이 새어 나오는데도 아직 살아 있는 구상월이었다.

"어떻게 살아남았느냐고 물었습니까?"

그제야 진자강이 되물었다.

구상월은 억울했지만 어차피 죽은 목숨. 끝까지 그 대답만큼은 듣겠다는 심정으로 최선을 다해 고개를 끄덕였다.

하지만 진자강은 차갑게 대답했다.

"당신은 알 것 없습니다."

"개…… 개 같은……."

구상월은 분노와 체념을 동시에 느끼며 죽어 갔다.

진자강은 구상월이 죽은 걸 확인하고 길게 숨을 내뱉었다.

팔뼈에는 금이 간 것 같고, 베인 옆구리는 뼈까지 긁고 지나가서 상처가 깊다. 피가 발아래까지 흘러내려서 축축할 정도다.

고수와의 싸움은 늘 쉽지 않다.

'아직 한 군데가 더 남았는데.'

독곡의 파견 고수가 남았다.

낮에 입수한 정보로는 독곡의 고수가 여기 파견된 이들 중 최고의 실력자였다.

아마 그 역시 독곡의 무사들과 함께 이 집으로 오고 있을 터. 이런 몸으로 그만한 고수와 싸우는 건 자살행위나 다름없다.

진자강은 결단을 내려야 했다.

싸울 것인가, 아니면 물러날 것인가.

아무리 회복력이 빨라도 최소 며칠은 필요하다.

진자강은 결정했다.

'아쉽지만 이번엔 여기까지다.'

결정을 내리자마자 깔끔하게 포기했다. 이제 최대한 빠르게 이 마을을 떠나야 한다.

옷감을 찢어 옆구리를 동여맸다. 그리고 자리를 떠나려는 찰나, 아직 죽지 않은 자와 눈이 마주쳤다.

아까 전 미끼로 쓴 철산문의 무사였다.

그는 구상월이 양어깨를 탈골시키고 다리를 부러뜨려 놔서 바닥에 널브러진 채였다.

그러나 아직 살아 있어서 두려운 눈으로 진자강을 올려다보고 있었다. 살려만 달라는 눈빛이 간절했다.

진자강은 그에게 걸어가 말했다.

"수고했습니다."

"……?"

철산문 무사의 눈이 크게 떠졌다.

진자강은 주저 없이 그의 가슴에 칼을 박아 넣고 떠났다.

*　　　*　　　*

독곡의 고수 노육의 얼굴에는 긴 그림자가 드리워져 있었다.

그는 애초에 무사 스무 명을 데리고 이곳을 왔다.

그러나 지금 남아 있는 수는 겨우 열 명.

하루 만에 반수가 죽었다.

소리 소문도 없이.

그리고 조금 전까지 철산문의 숙소에서 들려온 비명 소리들.

그것이 의미하는 바가 무엇인가?

노육은 매사에 철두철미한 자였다. 철산문 쪽 숙소에서 변고가 생겼다는 걸 알자마자 철산문이 아니라 암부로 사람을 보냈다.

한데 암부의 숙소로 보냈던 무사가 돌아와 보고하길, 암부의 숙소에도 사람이 없다 했다. 전부 철산문의 숙소로 간 모양이라 했다.

하지만 이후에는 암부조차 감감무소식.

하다못해 자신에게 사람을 보내거나 앞뒤 상황이 어떻게 되었는지 알려 올 법도 하건만 그런 기미는 전혀 없었다.

이미 한 식경을 기다렸으나 아무런 연락도 오지 않는다.

답이 나왔다.

철산문의 도남기는 물론 암부의 구상월도 당한 것이다.

달아나지 못할 정도로 강력한 상대에게.

'함정……'

노육은 스스로의 실력을 믿었다. 그러나 도남기나 구상월이 구조 요청조차 못 하고 당할 정도라면 노육이 달려가 본들 똑같이 함정에 빠지는 신세가 될 수 있었다.

하여 노육은 지원이나 상황 파악보다는 현재의 상황을 독곡에 알리는 게 우선이라고 판단했다.

"전서구를!"

노육의 명령에 무사가 비둘기가 든 새장을 들고 왔다.

노육은 서신을 적어 작은 대롱에 넣고 비둘기의 다리에 매달았다.

긴급한 상황에 독곡의 본문으로 연락할 수 있는 전서구다.

푸드드득.

지급(至急) 서신을 매단 전서구가 날개를 퍼덕이며 날아올랐다.

"우리도 바로 철수한다!"

노육은 짐을 챙길 틈도 없이 무사들을 데리고 숙소를 나섰다.

그런데 나가다 말고 숙소 앞에 있는 망료를 발견했다. 망료는 등을 보이며 지팡이를 짚고 서 있는 중이었다.

"망 장로!"

노육이 반가움에 소리쳐 불렀다.

망료가 느긋하게 고개를 돌려 보면서 의아한 듯한 얼굴로 물었다.

"어딜 그리 급히 가시오?"

"철산문과 암부에 변고가 생겼소. 망 장로도 어서 몸을 피하셔야 할 것이오."

망료는 급한 노육을 이해하지 못하는 듯 되물었다.

"허허, 몸을 피하란 말이오?"

"그렇소. 조금 전 긴박한 상황이……."

노육은 말을 하다 말고 멈췄다. 망료가 돌아서는데 그의 손에 들린 걸 본 것이다.

피로 물든 비둘기.

망료의 손에 들린 건 방금 노육 자신이 날려 보낸 전서구였다. 비둘기의 다리에 달린 대롱 옆에 독곡의 표식이 쓰여 있는 게 뻔히 보였다.

"마, 망 장로! 그거 혹시……."

망료가 별것 아니라는 듯 대답했다.

"아, 수상한 전서구 한 마리가 날아가기에 포획했소이다."

노육의 얼굴 근육이 부르르 떨렸다.

"그건 내가 본 곡으로 보낸 거요! 망 장로는 지금 상황을 알기나 하고……!"

"허어, 그랬소?"

노육은 울화가 치밀었지만, 상황이 상황이니 만큼 더 따질 수가 없었다.

"그 일은 나중에 따지기로 하고 지금은 서둘러 이곳을 벗어납시다."

노육이 무사들과 함께 막 숙소를 나서려는데 망료가 길을 비켜 주지 않았다. 오히려 정면으로 마주하면서 길을 막은 모양새다.

"망 장로?"

망료가 다시 물었다.

"그러니까 어딜 가시냐고 묻지 않았소이까."

노육은 화를 꾹꾹 눌러 참고 대답했다.

"독곡으로 가는 거요."

"그렇구려."

"알았으면 나와 함께 가든지 비켜 주든지 하시오."

하지만 망료는 꼼짝도 않았다.

망료는 빙긋 웃으면서 노육을 바라보았다.

"그건 안 되겠소."

"뭐요?"

"녀석이 하지 않으면 내가 혼자 할 생각이었는데 말이요, 뜻밖에도 혼자 철산문과 암부를 다 처리해 놨더구려. 한데 여기서 노 형을 놓아준다면 내 꼴이 우스워지지 않겠소?"

노육의 미간이 일그러졌다.

"도대체 무슨 말을……!"

망료의 분위기가 수상쩍었다. 아무리 봐도 좋은 의도로 길을 막고 있는 것 같지 않았다.

이제 노육의 입에서도 말이 곱게 나오지 않았다.

"무림맹에서 시킨 일인가?"

"그건 아니오."

노육은 이를 드러내고 씹듯이 말을 내뱉었다.

"하면 당장 비키는 게 좋을 것이다."

"말귀가 어둡소? 안 된다니까."

한시가 급한 때라 시간 낭비를 하고 싶지 않았다.

노육은 곧바로 내공을 끌어 올렸다.

팍!

노육의 양 손바닥에서 누런 연기가 피어올랐다. 노육의 장기인 황색장(黃色掌)이다.

"무슨 속셈인지 몰라도 망 장로가 나를 가로막을 실력은 되는지 모르겠군."

"아, 독곡의 무공이 그리 대단하더이까?"

망료가 껄껄 웃었다.

노육이 분노하여 쌍장을 들어 올렸다.

"지독문 따위 삼류 문파의 장로였던 주제에, 불쌍해서 좀 대우해 줬더니 건방지게 기어올라?"

노육이 살기를 줄기줄기 내뿜고 있는데 비해 망료는 흐뭇하게 웃을 뿐이었다.

노육은 일말의 불안감을 느꼈다.

그러나 망료가 허세를 부리고 있다는 생각밖에 안 들었다.

지독문의 제일 장로일 때도 무공 실력이 자신보다 한참 아래였는데, 양발에 의족을 하고 지팡이에 의지해 걸어 다니는 지금 그때보다 나을 게 뭐가 있겠는가.

노육은 내공을 잔뜩 끌어 올려 출수할 준비를 했다.

"옛정을 생각해서 단매에 죽여 주지."

아무래도 시간을 오래 끌면 안 될 것 같은 분위기였다. 전후 사정이야 나중에 따지더라도 빨리 독곡으로 돌아가야 한다는 생각뿐이었다.

노육이 막 발을 박차고 망료에게 달려들려는 순간이었다.

훅!

세찬 바람이 노육을 스쳐 지나갔다.

노육은 본능적으로 쌍장을 후려쳤다.

파아앙!

누런 연기와 함께 장력이 앞으로 쏘아졌다. 그러나 노육의 앞에는 아무도 없었다.

방금까지 서 있던 망료도.

"억…… 꺼…… 꺽."

노육의 등 뒤에서 고통스러운 신음 소리가 들려왔다.

노육은 뒤를 돌아보고는 얼이 빠졌다.

망료가 독곡 무사의 머리통에서 지팡이를 뽑고 있었다.

머리가 반쯤 날아간 무사가 피를 뿜으며 쓰러졌다.

망료는 피 묻은 지팡이를 땅에 툭툭 털면서 노육을 돌아보고 말했다.

"아, 미안하외다. 잠시 딴짓을 하느라 못 들었구려."

망료가 웃으면서 되물었다.

"방금 단매가 어쩌구 한 것 같은데…… 뭐라고 했소?"

노육은 물론이고 독곡 무사들 역시 질린 얼굴로 망료를 쳐다보았다.

"그동안 실력을 숨기고 있었구나!"

노육이 입을 연 순간 또다시 망료가 움직였다.

퍽.

또다시 독곡 무사 한 명의 머리가 터졌다.

망료가 노육을 향해 귀를 기울였다.

"뭐라고?"

이쯤 되니 노육도 입을 열 틈이 없었다.

"이이익!"

노육은 이를 악물고 망료에게 달려들었다. 노육의 일장
이 망료에게 쏟아졌다.

망료는 지팡이로 바닥을 짚고 몸을 띄워 양 의족으로 노
육의 가슴팍을 찼다.

노육이 장을 거두고 양팔로 가슴을 막자, 망료는 노육의
가로막은 팔을 발로 밀면서 반대로 몸을 튕겼다. 그러면서
다시 독곡 무사 한 명의 머리통을 날렸다.

"망— 료! 이노옴!"

분노한 노육이 연신 독장을 날리면서 망료를 쫓아다녔지
만 망료는 돌아다니면서 독곡의 무사들을 때려죽일 뿐이었
다.

독곡의 무사들이 칼을 들고 대항해 보았으나 망료의 옷
자락도 건드리지 못했다.

일수(一手)에 일수(一首).

망료가 움직일 때마다 독곡 무사들의 머리가 터져 나갔

다.

노육은 따라잡으려 애를 썼지만 믿을 수 없게도 양발에 의족을 한 망료를 따라잡을 수 없었다.

노육이 특히 약한 게 신법이었다. 독장은 강력했으나 망료를 따라잡을 만한 신법이 부족했다.

망료는 진작부터 그 사실을 알고 있었음에 분명했다.

"헉헉! 헉!"

노육은 헛되이 독장을 날리고 내공만 소모했다.

열 명의 독곡 무사들을 모두 죽인 망료가 느긋하게 서서 지팡이를 툭툭 흔들어 피를 떨쳤다.

"대화에 집중하지 못해 미안하오. 한 놈이라도 달아나면 잡으러 다니기 귀찮거든."

으드득.

노육은 이를 갈았다.

"네 이놈……."

계속 웃고 있던 망료가 눈쌀을 찌푸렸다.

"네 이놈? 듣자 듣자 하니까 아까부터 막말이 좀 심하구려?"

훅! 망료의 몸이 꺼지듯 사라졌다. 노육은 보법을 밟으며 몸을 피했다.

한데 망료가 바로 노육의 좌측에 붙어서 따라 움직이는

게 아닌가!

노육은 대경실색하여 왼쪽으로 일장을 내질렀다. 망료가 노육의 팔을 교묘하게 잡아 뒤틀었다.

뚝!

내공이 담겨 단단한 팔이 어이가 없을 만큼 쉽게 부러졌다. 망료가 지팡이로 노육의 발목을 걸어차자, 노육은 휘청거리며 무릎을 꿇었다.

망료가 지팡이를 들어 아래로 내려쳤다. 노육은 멀쩡한 팔을 들어 막으려다가, 어차피 망료와의 무력 차이가 너무 극심하다는 걸 깨닫곤 방어를 포기했다.

대신 손날을 거꾸로 뒤집어 망료의 사타구니를 올려 쳤다. 자기의 머리통이 깨지더라도 급소를 맞은 망료 역시 무사하기는 어려울 것이다!

이것은 정파 무림에서는 비겁하다고 꺼려지는 수법이었다. 하나 독문은 지금 비록 무림총연맹에 속해 있을지언정 본래 정파보다도 사파의 성향에 가까웠으므로 딱히 수치스러운 일도 아니었다.

"죽엇!"

노육의 손에는 황색독이 배어 있어서 스치기만 해도 살이 썩어 들어간다. 지금의 일격이면 가랑이를 쪼개면서 복부까지 찢어 버릴 수 있을 것 같다.

하지만 머리 위로 떨어지던 망료의 지팡이는 전혀 힘이 실려 있지 않은 허초였다. 망료는 지팡이로 가볍게 노육의 머리를 툭 누르면서 뛰어올랐다.

그러고는 위로 치켜 올린 노육의 손 위에 올라탔다.

노육은 전율이 일 지경이었다.

무공 실력도 차이가 있지만 그 차이를 더 극심하게 벌린 것은 다름 아닌 심계(深計)다.

'그 순간에 허초를 쓰다니!'

망연자실한 노육이 고개를 올려보니 자신의 팔에 올라탄 망료가 혀를 차고 있었다.

"쯧쯧, 그러니까 내가 말했잖나. 독곡의 무공 정도로는 나를 어떻게 못 한다니까."

망료는 설교하듯 말했다.

"무림맹으로 가면 괴물들이 많아. 우리는 상상도 못 할 괴물들이. 우리도 독을 쓴다고 무공을 허술하게 볼 게 아니라 무공까지도 넓게 좀 봐야 할 필요가 있어."

노육의 얼굴이 점점 일그러졌다. 팔을 내릴 수가 없었다. 자기의 팔 위에 꼿꼿하게 올라서 있는 망료의 의족에서부터 내공이 흘러들고 있었다.

맨살도 아니고 의족으로.

가히 가공할 무공이었다.

'내 상대가 아니다! 망료 이자가 언제 이렇게 강해졌는 가!'

팔을 내리지도 못하고 의족에서부터 쏟아지는 내공 때문에 노육은 몸이 굳어 버렸다.

퍽, 퍽.

몸 안에서 장기들이 터지는 소리가 난다.

망료의 내공이 돌아다니고 있는 탓이다. 노육의 입에서 피가 흘렀다.

"나를…… 나를 어쩔 셈이냐!"

노육이 온 힘을 짜내 말했지만, 망료의 대답은 간단했다.

"어쩌긴 뭘 어째, 죽어야지."

망료는 노육의 어깨 위로 올라타더니 노육의 머리를 양 의족 사이에 끼고 한 바퀴를 빙글 돌았다.

노육의 머리도 함께 돌았다.

우드득!

노육의 목이 돌아가면서 무릎을 꿇고 있던 몸뚱이가 힘을 잃고 앞으로 엎어졌다.

망료는 허공에서 계단을 걷듯 부드럽게 내려왔다.

주위에는 순식간에 시체 열한 구가 생겨 있었다. 망료는 흡족한 듯 고개를 주억거렸다.

석림방의 고수들과 싸울 때에는 미리 독을 풀었음에도

망료 역시 상당한 상처를 입었다.

하지만 지금은 아무도 자신의 털끝 하나 건드리지 못했다. 노육조차도 이젠 자신의 실력에 미치지 못한다.

"수련의 보람이 있구먼."

망료는 흐뭇하게 웃었다.

"가만있자⋯⋯, 내 이럴 때가 아니지?"

망료가 고개를 좌우로 돌려보더니 한 곳에 시선을 멈췄다.

"옳거니."

망료가 느긋하게 걸어간 곳은 가장 가까이에 있는 민가였다.

망료는 문을 두드렸다.

"이보시오. 잠시 말 좀 여쭙겠소이다."

마을의 상황이 워낙 흉흉하여 문은 한참만에야 열렸다. 중년의 아낙이 문을 조금 열고 물었다.

"왜 그러십니까?"

"아, 이 마을 사람이 몇 명이나 되는가 여쭈려고 말이외다. 몇 사람이나 사오?"

"예, 예?"

당황한 아낙이 잠시 생각하다 대답했다.

"원래는 일백하고도 스물셋이 살고 있⋯⋯."

"그러니까, 아주머니까지 일백스물세 명이다 이거요?"

"네. 저까지."

망료가 손을 슬쩍 흔들었다.

퍽!

아낙의 머리가 피를 뿜었다.

아낙은 그대로 절명했다.

망료가 쓰러진 아낙을 보며 말을 내뱉었다.

"그럼 하나가 줄어서 이젠 일백스물둘이겠구려."

망료는 잠시 서 있다가 갑자기 껄껄 웃으며 외쳤다.

"진자강, 이 악독한 놈이 머리가 돌아 버렸나. 드디어 지옥문(地獄門)을 열었구나! 석림방도 모자라서 왜 애꿎은 촌민들을 모조리 살해하였느냐. 껄껄껄껄!"

＊　　　＊　　　＊

진자강은 마을 외곽으로 이동했다.

다 쓰러져 가는 사당의 한쪽에 숨겨 둔 짐을 찾았다. 그리고 다시 단단하게 지혈을 했다.

출혈만 막으면 베인 상처는 금세 낫는다.

베인 상처뿐 아니라 찔리고 긁혀도 며칠 지나면 어지간한 상처는 흔적도 없이 낫고, 흉터도 거의 생기지 않는다.

예전에 혼원지에서 온몸에 딱지가 앉은 후부터 생긴 변화였다.

오죽하면 딱딱하고 거친 갱도에서 팔 년을 살았지만 진자강의 피부는 여전히 어린아이처럼 매끈하기만 했다. 잘 먹고 잘 자란 부잣집 귀공자처럼 윤택이 나고 투명하기까지 한 피부였다.

다만 너무 오래 해를 보지 못한 탓에 유난히 창백해 보이는 면이 있을 따름이었다.

진자강은 사당의 구석에 쌓인 흙먼지를 얼굴과 드러난 팔에 문질렀다. 지저분한 거지처럼 보이기 위해서다.

그런데 문득 다른 생각이 들었다.

진자강은 문지르기를 멈추었다.

그러곤 잠시 고민을 하다가 사당 뒤로 갔다. 사당 뒤에는 오랫동안 쓰지 않았던 우물이 있었다.

진자강은 우물물을 퍼서 몸을 씻었다. 바닥에 시꺼먼 물이 흘렀다.

더럽게 만들려던 아까와 달리 깨끗하게 몸을 씻었다.

그리고 보따리를 열어 석림방에서 가져온 옷들을 꺼냈다. 그중 가급적 화려한 옷을 골라 입었다. 촌 동네에서 온 어설픈 부잣집 자제 정도의 모습.

진자강은 자신의 모습에 흡족해하며 사당을 나왔다.

어디로 가야 하는지는 미리 생각해 두었다.

독문의 무사들에게 들은 정보를 취합해 결정한 것이다.

암부!

암부는 다른 문파들보다 제법 멀다.

진자강의 걸음으로 석림방에서 일주일쯤 걸릴 거리였다.

진자강은 방향을 확인한 후 곧바로 길을 떠났다.

第六章

진자강과 망료

어두운 달밤.

죽음의 냄새가 온 마을을 떠돌았다.

인기척은 물론이고 닭이나 개 짖는 소리조차 들려오지 않는 적막이 무겁게 내려앉아 있었다.

그 적막의 가운데서 소음 한 자락이 유일하게 들려왔다.

뚜걱, 뚜걱.

망료가 지팡이를 짚고 한 손에 술병을 든 채 길을 걷고 있었다. 망료의 두 손과 옷, 지팡이는 온통 피로 물든 채였다.

망료는 적당한 정자가 보이자 정자 위에 올랐다.

병째로 술을 마셨다.

꿀꺽꿀꺽.

"맛이 좋구나!"

망료는 정자에 걸터앉아 달을 보았다.

"자, 이제 놈은 어디로 갔을꼬."

진자강이 갱도에서 나와 한바탕 몸을 풀게 해 줬다. 게다가 이번에 철산문과 암부의 고수들을 죽이면서 자신감도 붙었을 것이다.

그러니 언제까지 가만 내버려 둘 수는 없다. 이제 슬슬 진자강을 몰아야 할 때다.

그러자면 진자강의 다음 행보를 예상해야 한다.

진자강이 갈 만한 독문 문파는 셋 남았다.

철산문과 암부, 그리고 독곡이다.

"가장 쉬운 건 철산문."

철산문은 철제 우산을 암기로 쓰고 파절침의 위력이 제법 높다는 것 외에 딱히 특징이 없다. 남은 세 문파 중에서 제일 약체라고 볼 수 있었다.

고수가 다섯 명, 아니 이곳에서 도남기가 죽었으니 문주까지 해서 무공을 좀 쓰는 자는 넷밖에 없고 문도의 수는 일백 명 정도다.

독문 전체의 전력을 줄이려 든다면 철산문을 첫 목표로

삼는 게 가장 무난하다.

망료는 다시 술을 마셨다.

"하지만…… 놈이라면 독곡부터 노리지 않을까?"

독곡은 세 문파들 중 고수와 문도의 수가 가장 많고 강하다. 독문의 다른 문파들이 곁다리 삼류 문파 수준이라면 독곡은 그래도 제대로 된 문파의 규율과 그에 적합한 규모를 갖추고 있다.

특히나 독곡의 곡주인 백담향 위종은 강호 무림에서도 인정받는 수준의 실력을 가지고 있었다.

그래서 사실 진자강이 독곡을 친다는 건 바위로 계란을 치는 것과 같고, 첫 번째 목표로 삼기에도 굉장히 부담스러운 일이다.

그럼에도 불구하고 망료가 진자강이라면 독곡을 노리지 않을까 생각하는 이유는 단 한 가지다.

진자강은 늘 남들의 예상을 뛰어넘었으니까.

운남 독문 전체와 싸우겠다고 생각하는 것부터 이미 일반적인 상식으로는 생각하기 어려운 일이니까.

때문에 독곡을 공격하는 것이 아무리 지난(至難)한 일이라 하더라도, 성공하기만 한다면 운남 독문은 거의 궤멸된 거나 다름이 없었다.

독곡이 사라지면 나머지 두 문파는 허둥대다가 지리멸렬

하고 말 것이다.

물론 거기에 무림총연맹이 개입한다면 얘기가 좀 복잡해지겠지만 말이다.

망료는 병의 술을 단숨에 마시고 술병을 던져 버렸다.

어쨌든 셋 중 남은 것은 암부.

"크으. 암부는 꽤나 골칫덩어리지."

암부는 자객행을 하는 문파다. 무공이 특이할 건 없지만 신법이 뛰어나고 암습에 유능하다.

"만약 독문 전체와 싸우겠다고 마음을 먹었다면……."

진자강에겐 정면에서 덤벼드는 철산문이나 독곡과 달리 어둠 속에서 습격해 오는 암부가 더욱 까다로운 상대가 될 가능성이 높았다.

거기까지 생각이 미치자 망료는 갑자기 허벅지를 탁 쳤다.

"암부로군."

진자강의 다음 목표다. 그런 확신이 든다.

진자강은 세 독문이 이곳에 몰려온 걸 알았고 각 독문의 무사들을 족쳐서 정보를 얻어 냈다. 그러니 조만간 독곡의 주최로 운남 독문의 총회합이 있다는 것도 알 터였다.

하면 총회합을 기점으로 세 독문이 힘을 합치리라는 것도 충분히 예상할 것이다.

그때 가장 걸림돌이 될 게 바로 암부였다.

진자강이 강호에서 손꼽는 절정고수라도 된다면 모를까, 지금 수준에서는 암부의 길고 끈질긴 습격을 견뎌 내기 어렵다. 암부는 객잔에서도, 길을 걷다가도, 시장통에서도 언제 어디서든 진자강을 습격할 수 있다.

망료는 확신했다.

진자강은 반드시 암부로 간다.

진자강의 행보를 예측했더니 웃음이 나왔다.

진자강에게 골칫덩이가 망료에게는 유용한 수다.

망료는 소매에서 패를 꺼냈다. 은수실이 달린 은패에도 역시 피가 잔뜩 묻어 있었다.

무림총연맹의 조사관이 가진 만큼의 실권을 가진 은패.

이 은패가 있으면 인근 문파들의 도움을 요청할 수 있고 무림총연맹 지부의 무력도 동원할 수 있다.

망료는 옷자락에 은패를 슥슥 문질러 피를 닦았다.

"자, 그럼 슬슬 몰이사냥을 시작해 볼까?"

이제 진자강은 죽는 날까지 숨도 쉬지 못하고 쫓겨 다니며 지옥 같은 삶을 살게 될 것이다. 아마도 나중에는 자신의 앞에서 죽여 달라고 무릎을 꿇고 빌게 되지 않을까?

망료는 크게 웃었다.

진자강의 저주받은 삶을 위해 길고 긴 첫발을 내딛는 날,

그게 바로 오늘이었다.

　망료는 그길로 마을을 나가 밤길을 달렸다.

　이건 시간과의 싸움이다.

　동이 터 올 때쯤, 곤명이 머잖은 곳에서 갈림길이 나타났
다.

　망료는 갈림길에서 잠시 멈춰 섰다.

　수백 명을 죽이고 바로 경공으로 달려온지라 조금 피로
하긴 했으나, 그 때문만은 아니었다.

　오른쪽으로 쭉 가면 독곡이 있는 반룡, 왼쪽으로 빠지면
암부가 있는 부민이다.

　어느 곳을 먼저 가느냐도 이번 계획에서는 매우 중요한
일이다. 잠시 숨을 고른 망료는 부민으로 향했다.

＊　　　　＊　　　　＊

　굽이진 강을 경계로 야트막한 산들과 계단식 밭이 층층
이 드리워진 풍경의 부민.

　넓은 길이 풍경을 관통하듯 뻗어 야산들이 겹겹이 모인
중심까지 이어져 있었다.

　암부는 그 중심의 끄트머리에 자리 잡았다. 이십여 채가

넘는 납작한 흙집들이 야산이 드리운 그림자마다 사람들의 이목을 피해 숨듯이 세워져 있다.

겉으로 드러난 야산의 양지는 계단식 밭으로, 그 뒤쪽으로 돌아가면 음지에는 집들이 있는 기묘한 모습이다.

뚜걱뚜걱.

망료가 요란스러운 의족 소리를 내며 암부의 영역으로 들어섰다.

밭에서 일을 하고 있던 농부들의 시선이 망료에게 쏟아진다.

"흐흐흐."

망료는 그 자리에 가만히 서서 기다렸다.

자신이 온 사실은 벌써 암부의 문주 괴송에게 전해졌을 것이었다.

얼마 지나지 않아 평범한 촌 노인이 밭일을 하다 도중에 온 것처럼 낫 한 자루를 들고 망료를 향해 걸어왔다.

망료도 마주 걸어갔다.

세 걸음 정도의 거리를 두고 망료와 암부의 문주 괴송이 마주 섰다.

괴송이 웃는 얼굴로 인사를 건넸다.

"허! 이 얼마나 오랜만인지. 그간 잘 지냈는가?"

망료도 흉터 가득한 얼굴로 만면에 웃음기를 띠었다.

"염려해 주신 덕분에 잘 지냈소이다."

"그래. 여긴 어쩐 일인가. 석림방에 변고가 생겼으니 무림총연맹에서 나올 거라고는 생각했지만, 조사를 하다 말고 굳이 여길 찾아올 이유가 없을 텐데 말일세."

"바쁘니까 흰소리 할 시간은 없고 본론부터 말하자면……."

망료가 바로 말을 이었다.

"다 죽었소이다."

멈칫.

괴송은 눈으로 웃고 있지만 입은 전혀 웃고 있지 않았다. 괴송이 망료를 바라보며 물었다.

"무슨 말인가?"

"내가 여기 와 있는 걸 보면 모르겠소이까? 독곡과 암부, 철산문에서 석림방에 파견 보낸 자들. 모조리 다 죽었소이다."

괴송은 그제야 눈에서도 웃음을 거두었다. 얼굴에 살기가 어른거렸다.

"누가 죽었다고?"

"석림방을 초토화시킨 놈이오."

"어떤 놈인데?"

"뭐…… 일단 본 사람이 없소이다."

"거기 사람이 몇 명인데 본 사람이 없어?"

"말했잖소이까. 다 죽었다고, 쯧. 흉수는 애어른 할 것 없이 석림방의 장원이 있는 인근 모든 촌민들을 몰살시켰소. 목격자라고는 죽은 자밖에 없소이다."

"허."

괴송은 헛웃음 소리를 냈다.

"요즘 시대가 어떤 시대인데 함부로 학살을 하고 다녀. 죽으려고 환장을 한 놈인가."

"그러니까 암부에서 놈을 잡도록 좀 도와주셔야겠소."

"우리가?"

"암부의 연락망이 가장 빠르잖소이까. 한시가 급한 일이라 이곳에 가장 먼저 달려왔소."

괴송은 잠시 생각에 잠겼다가 갑자기 망료에게 물었다.

"누구야?"

"으음? 누구냐는 게 무슨 뜻이외까?"

"아까부터 놈이라고 지칭하고 있는데, 자네가 아는 놈이잖아. 그래서 우리에게 온 거잖아. 안 그래?"

괴송은 머리가 좋다. 그래서 굳이 긴 설명을 하지 않아도 되어 편리하다.

망료가 슬쩍 웃으며 대답했다.

"절름발이 한 놈이올시다."

진자강이 석림방을 나온 건 거의 밤이 다 되어서였기 때문에, 어느 정도 걸은 후 노숙을 하고 계속해서 길을 걸어야 했다.

암부가 있는 부민까지는 거리가 꽤 되었다. 진자강의 걸음으로 거의 사오일은 걸어야 할 것 같았다.

백회로 기를 받아들여서 일시적으로 무공을 사용할 수 있다고는 하나, 지속적으로 내공을 펼쳐야 하는 경공은 사용할 수가 없다는 단점이 있었다.

때문에 진자강은 부지런히 걸었다.

하루 종일 걷다가 날이 거의 저물 무렵.

관도로 들어서기 전 약간 벗어난 길에 불빛이 보였다.

객잔 하나가 불을 밝히고 영업을 하는 중이었다.

진자강은 더 이상 숨어 다니거나 구걸할 필요가 없었다. 주머니에는 객잔에서 머물기 충분한 돈이 있었고 복장도 멀쩡했다.

객잔을 향해 걸어갔다. 손님도 없어 보이는 외진 곳인데 밖에 나와 호객을 하는 점소이가 있었다.

점소이가 진자강을 보자 고개를 갸웃하더니 곧 반색하며

달려왔다.

"어서 오십시요오!"

어차피 곧 밤이 되므로 진자강은 점소이의 권유에 따라 객잔에서 저녁을 먹고 쉬어 가기로 했다.

사람 죽이는 일에는 익숙했지만 세상일에는 익숙하지 못한 진자강이다. 찾아오는 이도 거의 없는 깊은 산 속에서 태어나 세상을 알 때쯤 팔 년이나 지하 갱도에 갇혀 있었다.

객잔에 머무는 것도 처음이다.

진자강은 식사 주문을 하는 것도 생소해서 어려움을 겪었다.

별수 없이 점소이에게 하나부터 열까지 물어보며 식사 주문을 했다.

객잔에 다른 손님들이 한 탁자밖에 없어서 다행이었다. 설명의 대가로 작은 은전을 주었더니, 점소이는 진짜 은인가 의심하며 이로 깨물어 보곤 좋아하며 돌아갔다.

'의심도 많은 점소이군.'

진자강이 점소이에게 몇 번이나 물어보고 시킨 건 고기와 야채가 들어간 평범한 볶음밥이었다.

그러나 그것만으로도 진자강은 감격했다.

입 안에 도는 고소한 기름 맛과 고기의 감칠맛은 날것 그대로의 독풀만 먹던 진자강을 황홀하게 만들었다. 늘 쓰고 신 맛에 익숙해져 있던 혀마저도 놀랐다.

"하아, 맛있다."

진자강은 내친김에 수자우육(水煮牛肉)이라는 사천식 매운 쇠고기 찜까지 주문해 먹었다.

간단히 요기만 하려던 생각과 달리 한번 음식이 들어가기 시작하니 멈추기가 쉽지 않았다.

그렇게 허겁지겁 음식을 먹고 있는데, 갑자기 점소이가 술병 하나를 들고 왔다.

"저쪽에 계신 손님께서 내시겠답니다."

진자강이 고개를 돌려 보니 상인처럼 보이는 세 명의 장한들 중 삼십 대 정도로 보이는 장한이 손을 흔들고 있었다.

"거 젊은 친구가 오래 굶은 모양이오? 내 술 한 잔 살 테니 천천히 들고 가슈."

진자강은 지금 상황이 매우 머쓱했다.

이럴 땐 어떻게 해야 하더라?

잠깐 고민한 진자강이 곧 자리에서 일어서서 장한들에게 포권했다.

"감사합니다."

"감사는 무슨. 우리는 여기 머물고 있는 장사치들인데

오늘 장사가 잘 돼서 한턱내는 거요. 부담 갖지 말고 드시
오."

상인들은 술을 냈지만 진자강을 딱히 귀찮게 하지 않았
다. 자기들끼리 술을 마시며 수다를 떠느라 바쁜 모양이었
다.

진자강은 술을 보며 옛 회한에 잠겼다. 술이라면 어렸을
때 장난으로 마셔 본 것이 다였다.

그런데 어느덧 시간이 이리 흘러 스스로 술을 마실 나이
가 된 것이다.

진자강은 술을 따라 마셨다.

술이 가진 독특한 향과 투박함, 거칠게 올라오는 탁한 끝
맛이 혀를 아리게 했다.

'익숙한 맛.'

진자강의 얼굴이 잠시 딱딱하게 굳었으나 곧 풀렸다.

대신 입에 씁쓸한 미소가 맺혔다.

진자강은 요리를 먹으며 남은 술을 모조리 마셨다.

취기가 올라왔다.

하지만 독도 통하지 않는 몸인데 술이라고 진자강을 취
하게 할 수 있을까.

그저 조금 머리가 띵하고 기분이 좋아지는 정도가 다였
다. 그나마도 시간이 지나자 금방 사라졌다.

상인들은 진자강이 술을 다 마시고도 멀쩡한 걸 보자 말을 걸어왔다.

"젊은 친구, 술이 세군. 이쪽에서 함께 마실 텐가?"

진자강은 남들과 어울리는 게 익숙하지 않다.

"아닙니다."

"그럼 한 병 더 마시게. 여기 점소이! 저 친구에게 한 병 더 갖다 줘."

상인들이 술 한 병을 더 주문해 주었다.

점소이가 진자강에게 술을 가져왔다.

진자강은 상인들에게 감사를 표하고 술을 받았다. 하지만 두 병째가 되자 취기는 아까보다도 더 적게 올라왔고, 올라오는 것보다 더 빠르게 사라졌다.

진자강은 술맛이 떨어져 입맛을 다셨다.

그래도 술을 모두 마신 진자강은 점소이를 불렀다. 그러곤 방금 자신이 먹은 수자우육을 한 그릇 더 시켰다.

점소이가 수자우육을 들고 오자, 진자강은 이번엔 은전이 아니라 금전(金錢)을 꺼내 점소이에게 주었다.

"아까 친절하게 설명해 준 답례입니다."

"지, 진짜 금입니까?"

석림방에서 챙겨 온 금붙이다.

"그렇습니다."

점소이는 금붙이를 들고 놀라서 입에 넣고 깨물어보기까지 했다.

점소이가 금전을 들고 눈이 휘둥그레진 사이, 진자강은 수자우육을 직접 들고 상인들에게 찾아갔다.

"변변찮지만 제 보답입니다."

상인들은 진자강이 가까이 다가오자 잠깐 의아한 눈으로 보다가 너털웃음을 터뜨렸다.

진자강은 공손하게 수자우육을 상인들의 탁자에 내려놓았다.

"허, 뭘 이런 걸 다."

"젊은 친구가 참 예의 바르구먼."

"잘 먹겠네."

세 상인은 적당히 취해 얼굴이 불콰해진 채로 호들갑을 떨며 좋아했다.

"저는 그럼."

진자강은 아예 밥값까지 치르고 이 층에 있는 자신의 방으로 올라갔다.

침상에 앉아 가만히 밖을 보니 밖은 어둡고 고요했다.

이 객잔은 여행자들이 지나가며 찾는 곳이라 그런지 밖은 인적이 꽤 드물었다.

진자강은 새끼손가락의 핏방울을 닦고는 창밖을 보며 묵

묵히 차를 마셨다.

그리고 기다렸다.

일각, 이각쯤 지났을까.

쿵, 쿵.

귀 기울여 듣지 않으면 알 수 없는 작은 울림이었다. 아래층에서 들려온 소리다.

진자강은 서슴지 않고 자리에서 일어났다.

방문을 열고 아래층으로 내려갔다.

"이, 이봐! 왜들 이래? 정신 차려!"

누군가가 외치는 소리였다.

아까의 상인들 셋과 점소이가 바닥에 쓰러져 있었다.

객잔의 주인이자 숙수인 듯한 통통한 남자가 당황해하며 그들을 깨우려는 중이었다.

그가 진자강을 보고 놀라서 눈을 크게 떴다.

"어, 어떻게!"

귀신이라도 본 듯한 얼굴의 숙수였다.

진자강이 무표정하게 장내를 둘러보았다. 상인들과 점소이는 몸을 바르르 떨면서 입에 거품을 물고 있었다.

"끄윽, 끅!"

중독된 것이다.

진자강이 숙수를 보며 되물었다.

"내가 멀쩡해서 이상합니까?"

숙수는 너무 놀라서 말을 못했다.

"그, 그게……."

"놀라는 걸 보니 당신도 관계가 있었나 봅니다."

진자강은 상인들이 보내 준 술을 마셨을 때 이미 술 안에 독이 들어 있음을 알았다.

하지만 그 자리에서 바로 감정을 드러내지 않은 건, 주방의 숙수까지 한 패거리인지 아닌지 확인을 해야 했기 때문이었다.

진자강은 술을 마시며 그 안에 있는 독기만 고스란히 모아 두었다.

그리고 후에 상인들에게 가져다준 수자우육과 점소이에게 준 금전에 그 독을 그대로 묻혀 주었다.

상인들은 영문도 모르고 수자우육을 먹다가 중독됐고, 점소이는 금전을 씹어 보다가 중독됐다.

그러나 정작 자신들은 어떻게 중독이 되었는지 전혀 모르고 있는 채였다.

숙수가 납작 엎드려 빌었다.

"살려 주십시오! 강호의 고수이신 줄 모르고 저희가 실수를 했습니다!"

숙수의 입장에서는 진자강이 무슨 수로 이들을 중독시켰는지 알 길이 없었다.

게다가 마비독을 탄 술을 두 병이나 마셨는데 전혀 이상이 없을뿐더러 저렇듯 태연하기까지 하다.

그러니 진자강을 고수라 생각하는 것도 무리가 아니었다.

하지만 사람에게 독을 탄 음식을 먹게 하고 실수라 변명하는 걸 듣고 있는 진자강은 쓴웃음이 나올 지경이다.

"실수라고 하였습니까? 사람을 해치려고 한 것이 말입니까?"

숙수가 마구 손을 휘저으며 빠르게 변명했다.

"오해십니다, 오해십니다! 저희는 그저 재물이나 조금 갈취해 보고자……."

"당신들이 재물만 빼앗으려 했는지, 아니면 죽일 작정이었는지 어떻게 알겠습니까?"

"저희는 사람을 막 죽이고 그런 놈들이 아닙니다요. 작은 객잔 하나 운영하면서 어떻게 그런 무시무시한 일을 벌이겠습니까. 대협께 쓴 건 그냥 잠깐 마비만 시키는 약이었습니다요."

진자강이 대답 없이 바라보자 숙수는 억울한지 눈물까지 내어 보였다.

"나라는 혼란스럽지요, 관리들은 부패했지요. 저희 같은 민초들은 이렇게라도 하지 않으면 살아남을 수가 없습니다. 이런 일을 저지른 것도 정말 오늘이 처음입니다."

"그렇습니까."

진자강은 숙수의 말을 진지하게 들었다.

숙수는 이때다 싶었는지 억울하다는 투로 말했다.

"부디 이 가련한 목숨들을 불쌍히 여기셔서 아량을……."

진자강은 숙수의 말을 듣다가, 갑자기 쓰러져 있는 상인들에게로 걸어갔다.

그러더니 상인의 몸을 뒤져서 상인이 품에 숨기고 있는 단도를 꺼냈다.

숙수의 얼굴이 질렸다.

"그건……."

진자강은 살아남기 위해 주변의 모든 것을 이용해야 했고, 덕분에 관찰력이 좋아졌다.

수자우육을 가지고 상인들에게 다가갔을 때, 한 명이 자기도 모르게 품에 손을 넣어 단도를 집으려 한 걸 본 것이다.

숙수가 금세 변명을 했다.

"그건 세상이 하도 험하다 보니 호신을 목적으로 가지고 다니는 것입니다."

"알겠습니다."

알겠다고?

듣기에 따라서 용서해 줬다는 듯한 의미로도, 아니면 신경 쓰지 않겠다는 의미로도 들릴 수 있었다.

숙수가 알쏭달쏭한 진자강의 말을 이해하지 못하고 있는데 진자강이 단도를 들고 갑자기 주방으로 걸어갔다.

숙수의 눈이 가늘어졌다. 아까 점소이가 한 말대로였다.

절름발이다!

숙수는 뒤쪽 문을 힐끗 보았다.

열심히 달리면 바로 문을 나갈 수 있다. 경공도 제법 자신이 있으니까 다리를 저는 진자강보다는 빠르게 달아날 수 있을 것 같다.

그러나 과연 무사히 달아날 수 있을까? 저자가 과연 고수가 아닌 걸까? 속이는 건 아닐까?

숙수가 안절부절못하다가 무심코 진자강의 눈치를 살핀 순간, 숙수는 온몸에 소름이 돋았다.

진자강이 빤히 숙수를 바라보고 있었던 것이다.

그것은 마치 왜 달아나려다가 말았지? 네가 달아나야 꼬투리를 잡아서 죽여 버릴 수 있잖아…… 라고 말하는 듯한 눈초리였다.

"가, 갑니다요."

숙수는 헐레벌떡 진자강을 따라갔다.

진자강은 주방에 들어서서 안쪽을 훑어보더니 아궁이로 갔다. 단도를 들어 아궁이의 숯불 사이에 꽂아 넣었다.

도대체 뭘 하는지 알 수가 없어서 숙수는 몸이 쪼그라드는 기분이 들었다.

진자강은 단도를 숯에 꽂아 넣은 뒤 이리저리 양념들을 뒤지며 냄새를 맡아보았다.

그러다가 작은 통을 집었다.

"그건 고초(高醋)인뎁쇼?"

고초는 요리에 신맛을 낸다.

"그럼 내가 제대로 찾았군요."

진자강은 숯에서 단도를 꺼내 들었다. 끄트머리가 벌겋게 달아올라 있었다.

숙수가 흠칫하며 몸을 사렸다. 진자강은 그런 숙수의 행동에 개의치 않고 단도에 고초를 뿌렸다.

치이익!

뿌연 연기와 신 냄새가 자욱하게 퍼졌다.

"콜록콜록."

숙수가 기침을 하며 손을 휘저어 연기를 치웠다.

그러다 앞을 보니 진자강이 단도를 내려다보고 있지 않

은가!

한데 그 단도의 색이 이상했다.

불그스름한 자국이 얼룩처럼 묻어 있었다.

"어?"

숙수의 눈이 일그러졌다.

왠지 모를 불안감.

숙수는 허리 뒤로 손을 슬슬 옮겨 가 네모난 채도(菜刀)의 손잡이를 잡았다.

여차하면 칼질을 할 수밖에 없는 분위기였다.

숙수가 조심스럽게 물었다.

"저…… 그 얼룩이 무슨…….."

"핏자국입니다."

얼룩을 보는 진자강의 눈이 점점 차가워지고 있었다.

"흉기에 열을 가해서 고초를 뿌리면 오래된 핏자국이라도 흔적이 나타나게 되죠."

진자강이 단도를 뒤집어 보았다.

"얼룩의 농도가 모두 다르군요. 이 단도에 피를 묻힌 게 한두 번이 아니었나 봅니다."

숙수의 얼굴이 일그러졌다.

단도에서 핏자국이 나온 건 당연한 일이다. 얼룩의 농도가 다르게 나온 것도 맞다. 그 단도로 몇 명이나 찔러 죽였으니까. 다른 이들이 가지고 있는 칼도 전부 확인해 보면 저런 식으로 핏자국이 나타날 게 분명했다.

지금까지 한 변명은 애초에 전부 거짓말이었던 것이다.

진자강이 천천히 고개를 돌리더니 숙수를 똑바로 쳐다보았다.

숙수는 마른침을 삼켰다.

긴장감 때문에 이마에는 식은땀이 맺혔다.

등줄기까지 축축해졌다.

진자강은 그런 숙수를 가만히 바라보더니, 마침내 입을 열어 물었다.

"당신들, 뭐하는 사람입니까?"

진자강의 목소리에는 진득한 죽음의 느낌이 묻어 있었다.

숙수는 소름이 다 돋았다. 더 이상 이 불편한 시간을 견딜 수가 없었다.

이를 악물고 채도를 뽑아 들었다.

어차피 죽는다면 손은 한 번 써 보고 죽어야 할 것 아닌가!

"에이이! 죽어!"

숙수는 진자강의 머리를 반으로 쪼갤 듯 채도를 내리쳤다.

진자강은 전혀 방심하고 있지 않았다. 숙수의 눈동자에 살기가 비치는 순간, 백회혈로 한 줌의 기운을 받아들여 다리로 돌렸다.

보법을 밟으며 비틀거리듯이 몸을 틀었다.

팍!

두툼한 도마에 채도가 꽂혔다. 어찌나 힘을 줬는지 채도의 날이 반이나 도마에 파고들었다.

진자강은 빈틈이 훤히 드러난 숙수의 얼굴에 고초를 뿌렸다. 숙수는 눈에 고초가 들어가자 눈을 비비며 비명을 질렀다.

"으아아아!"

숙수가 채도의 손잡이를 놓고 앞으로 마구 발길질을 했다.

숙수의 발에 맞은 탁자며 조리 도구들이 사방으로 날아갔다.

그러나 숙수는 곧 등이 뻐근하니 아파 오는 걸 느꼈다.

마치 불로 지지는 것처럼……

아니, 정말로 불에 달궜던 단도에 찔렸기 때문에 그렇게 느낀 게 맞았다.

뜨거운 단도가 등에서 뽑혀나가는 것도 느껴졌다.

"흐윽!"

숙수가 비틀거리며 몸을 가누지 못하자, 이번에는 가슴에 뜨거운 통증이 찾아왔다.

치지지지!

숙수는 눈물을 쏟으면서 자신의 가슴에 박힌 단도가 뿜어내는 살 타는 냄새를 맡았다.

진자강의 차가운 목소리가 바로 지척에서 들려왔다.

"유감입니다. 요리는 맛있었는데."

숙수는 화가 났다.

그런 말을 할 거면 살려나 주지!

하지만 숙수는 제대로 항의를 할 수 없었다.

숙수는 휘청대며 뒤로 물러나다가 주저앉았다. 옷자락이 금세 피로 물들었다.

"끄윽……."

사람은 심장을 찔려도 즉사하지 않는다. 그러나 피를 흘리며 서서히 죽어 가는 것이 더 두렵고 공포스러운 일이었다.

진자강은 앞에 서서 그를 내려다보았다. 숙수는 자신의 가슴에 박힌 단도를 잡고 흐려진 동공으로 진자강을 올려다보았다.

"망할 놈의 절름발이……."

진자강은 숙수가 내뱉은 욕지거리에서 묘한 느낌을 받았

다.

"나를 압니까?"

조금 신경을 쓰면 거의 멀쩡하다시피 걸을 수도 있지만 평소엔 자꾸 습관적으로 다리를 절면서 걷는 진자강이다.

그러니까 진자강이 절름발이인 것이 대단한 일은 아니다.

그 절름발이라는 말이 지금 순간에 숙수의 입에서 튀어나왔다는 게 이상한 일이다.

숙수가 피를 토하며 말을 내뱉었다.

"석림방과 일대 촌민 수백 명을 학살한……."

진자강의 눈이 가늘어졌다.

"그게 무슨 말입니까?"

"흐흐…… 우리에게 걸린 이상…… 네놈이 아무리 뛰어나도…… 결코 살아남지 못할……."

숙수는 스스로 자신의 가슴에 박힌 단도를 뽑았다.

주욱! 더운 피가 뿌려지며 숙수의 눈이 빛을 잃어 갔다.

진자강은 잠시 숙수를 내려다보다가 피로 물든 그의 품을 뒤졌다.

독이 든 듯한 작은 약병과 피에 젖은 가루 봉지들이 있었다. 해독약인 듯한데 미처 점소이와 상인 행색을 한 동료들에게 먹일 시간이 없었던 듯했다.

그리고 뜻밖의 서신 한 장이 나왔다.

거동이 수상한 자, 절름발이인 자를 발견하면 즉시
하기(下記)의 조치를 취하라.

아래에는 상황에 따른 몇 가지 대처 방안이 쓰여 있었고,
가장 밑에 암부의 표식이 찍혀 있었다.

'암부?'

절름발이가 진자강을 지칭하는 말이라는 건 누가 봐도
알 수 있었다.

석림방의 일이 벌써 알려진 모양이었다.

마을 사람들 중에 자신을 본 이들이 꽤 있었으니 그들에
게서 자신에 대한 정보를 얻었을 가능성이 크긴 하다.

'하지만 겨우 하루 지났는데……'

철산문과 암부의 고수들은 죽였지만 독곡에서 온 이들은
처리하지 못했다.

그 때문에 암부에까지 알려진 것인가.

생각보다 저들의 대응이 너무 빠른 것에 진자강은 놀랐
다.

여기서 걸려 버렸으니 진자강의 위치까지 노출되어 버릴
가능성이 커지게 되었다.

이제 앞으로의 행보가 상당히 부담스럽게 되는 것이다.

하지만 그 전에…… 신경 쓰이는 점이 있었다.

숙수가 죽기 전에 한 말이다.

'석림방은 그렇지만, 촌민 수백 명을 학살했다는 건 무슨 뜻이지?'

물론 진자강은 그런 적이 없다.

한데 왜 그런 이야기를 했을까?

진자강은 기묘한 위화감에 휩싸였다.

적들이 강하다. 대응이 너무 철저하다라는 정도의 수준이 아니라 그와는 다른 어떤 불편한 느낌이었다.

"음."

그러나 그렇다고 해서 어차피 그만둘 것도 아니다. 그저 언젠가 알려질 일이 좀 더 빨리 알려진 것일 뿐.

진자강은 숙수가 완전히 죽은 것을 확인한 후, 객잔 안으로 되돌아갔다.

상인과 점소이로 변장한 패거리들은 독 때문에 몸이 마비되어 있었지만 방금까지의 상황을 전부 보고 들었다.

진자강의 행동을 보면 자기들도 살아남기 어렵다는 걸 알 수 있었다.

진자강이 그들의 앞에 서서 물었다.

"당신들이 독을 먹인 사람들도 당신들처럼 이렇게 죽어

갔겠죠."

물론 그랬지만, 당연히 그렇다고 말해선 안 되었다.

그중 점소이 변장을 한 자가 억지로 고개를 저었다.

"아, 아닙니다."

중독된 때문에 목이 굳어 모기만 한 소리가 나왔다.

진자강은 대화를 할 의지를 보이듯 더 귀를 기울였다.

"그럼 귀하는, 귀하에게 목숨을 구걸하는 자를 살려준 적이 있습니까?"

점소이 변장을 한 자가 잘하면 살 수 있다는 생각에 온 힘을 다해 고개를 끄덕였다.

"네, 네! 그, 그럼요!"

아까보다 힘찬 소리가 나왔다.

진자강이 그에 대꾸했다.

"난 없습니다."

"……네?"

진자강은 점소이 변장을 한 자를 단도로 찔러 죽였다.

"꺽."

점소이 변장을 한 자는 죽어 가는 순간까지 원통한 얼굴이었다.

상인 행세를 한 세 사람은 얼굴이 새파래졌다. 한 명이 진자강을 노려보며 굳은 혀를 움직여 겨우 말을 내뱉었다.

"네놈은 이제 죽은 목숨……."

진자강은 그의 말을 잘랐다.

"그 얘기는 아까 들었습니다."

진자강은 거침없이 그의 목을 베었다.

"큭!"

목을 베인 자가 억울한 눈으로 죽어 갔다.

진자강은 남은 이들도 확실하게 죽였다.

어느새 객잔에는 죽음의 냄새만이 감돌았다.

"아무래도 노숙을 해야겠군."

아무리 대담하고 간이 큰 진자강이라 할지라도, 자신이
죽인 사람들이 가득한 곳에서 아무렇지 않은 듯 잠을 자고
갈 생각은 들지 않았다.

진자강은 시신을 한곳에 모아 뒷마당에 묻은 후 객잔을
떠났다.

*　　　*　　　*

망료는 이틀 만에 반룡에 와 있었다.

반룡은 독곡이 자리 잡은 지역이다.

독곡으로 진입하는 골짜기의 허름한 사당(祠堂).

유생처럼 단아한 두루마기를 입은 위종이 작대기 하나를

들고 산책하듯 골짜기에서 걸어 나오고 있었다.

망료와 위종은 사당 앞에서 만났다.

"오랜만일세, 망 장로. 아니, 지금은 제독부의 고문이던 가?"

위종이 웃으면서 반갑게 망료를 맞이했다.

"전서구를 받은 지 한 시진도 되지 않았는데, 벌써 왔어? 그간 무공이 많이 늘은 모양이야."

위종이 웃으면서 들고 있던 작대기로 발밑의 흙을 툭툭 쳤다.

그 순간 망료는 피식 웃었다. 갑자기 은은한 백합의 향이 느껴지고 있었다.

망료는 한참 입을 오물대다가 침을 모아 뱉었다.

"퉤."

바닥에 떨어진 침의 색이 시커멨다.

위종의 표정이 살짝 변했다.

"호오?"

자신이 독을 썼는데 망료가 아무렇지 않게 받아 낸 것이다.

위종은 군자의 모습을 하고 있으나, 실제로는 타인을 힘으로 굴복시키길 좋아하는 자다.

예전에는 함부로 말도 놓지 못하던 망료가 자신의 앞에

서 고개를 뻣뻣하게 들고 있는 걸 그대로 보아줄 아량을 가진 자가 아니다.

위종은 눈이 보이지 않을 정도로 크게 가식적인 눈웃음을 지었다.

"많이 컸어. 우리 망 고문?"

"다 위 곡주께서 염려해 주신 덕분이올시다."

존중이 담기지 않은 망료의 말투에 웃고 있던 위종의 눈썹이 꿈틀댔다.

"그래그래. 사람은 역시 큰물에서 놀아야 해. 우리 망 고문이 무림맹이란 큰물에서 놀더니 아주 대범해졌어. 몰라보게 달라졌구먼?"

"칭찬으로 듣겠소이다."

위종은 약간 일그러진 얼굴로 웃었다.

"껄껄! 그래. 사람이 발전하는 모습이 아주 보기 좋아. 내 이래서 망 고문을 좋아한다니까."

위종의 가식적인 웃음에 망료는 낮게 코웃음을 쳤다. 그러나 별다른 말은 하지 않았다.

"전서구를 받으셨으니 사정은 대강 아셨을 것이외다."

"하룻강아지 한 놈이 미쳐서 날뛰고 있다고?"

"고작 하룻강아지라고 치부하기는 좀 어려운 놈이오이다."

"반푼이가 된 석림방을 묻어 버렸다고 해서 그게 무슨 대단한 놈인 것은 아니지."

뼈가 있는 말이었다.

석림방을 반푼이로 만든 게 망료이니 말이다. 망료가 슬쩍 말을 돌렸다.

"귀 곡의 노육도 놈에게 죽었소."

위종은 묘한 미소를 지었다.

"지금 보니까 우리 노육 형제도 망 고문에게 십초지적(十招之敵)이 못 되겠는데."

망료는 속이 서늘해졌다. 역시 위종은 능구렁이 같은 자다. 확실한 증거도 없이 혹시나 하는 생각에 일단 망료를 떠보고 있는 것이다.

하나 망료라고 만만하진 않다.

망료는 대놓고 물었다.

"말씀이 좀 듣기 그렇소이다. 본인이 노육을 어찌하기라도 했다는 것이외까?"

"아아, 너무 기분 나빠 하지 마시게. 망 고문은 무림총연맹의 소속인데 내가 어찌 망 고문을 무시하겠는가. 내 그렇잖아도 암부에서 전서구를 받은 후에 시체를 수습해 오라고 사람을 보냈으니, 조만간 사유가 상세하게 밝혀질 걸세."

망료의 짓이든 다른 이유든, 망료의 조사 내용이 틀렸다면 무림총연맹에 책임을 묻겠다는 뜻을 담고 있는 말이었다.

위종이 그렇게 날카롭게 구는 것도 무리는 아니다.

본래 위종은 백리중과 사이가 나쁘지 않았다. 팔 년 전 지독문이 멸문했을 때에도 망료에게 백리중의 편을 들어 거짓 증언을 하도록 교사(教唆)한 것이 위종이었다.

덕택에 백리중은 무림총연맹 내의 반대 세력을 깔끔하게 정리할 수 있었다. 망료가 지독문의 혈사가 그들의 짓이라고 증언했기 때문이다.

하나 그 이후에 망료는 백리중에게 접근해 자리를 얻어 내고, 석림방에 내홍(內訌)을 일으키기까지 했다.

지독문이 멸문하고 넷밖에 남지 않은 상황에서 그중 하나가 반쪽이 되어 버렸으니 운남 독문으로서는 상당한 피해를 입은 셈이었다.

당연히 위종은 분노했다.

한데 망료가 무림총연맹에서 자리를 잡고 있어서인지, 백리중은 제대로 된 항의조차 받아 주지 않았다.

그로 인해 위종과 백리중의 사이는 크게 벌어졌다.

그러니 석림방 내홍의 주범인 망료를 바라보는 위종의 눈빛이 고울 리 없었다.

물론 그것은 망료 역시 마찬가지다.

망료에게 있어 위종은 쳐 죽여서 살을 씹어 먹어도 시원치 않을 놈이다.

진자강을 다 잡아 놓았는데 위종이 제 마음대로 행동을 하는 바람에 눈앞에서 놓쳤다.

그 덕에 망료는 팔 년이라는 세월을 기다려야만 했다. 더구나 당시에 망료를 무시했던 위종의 언행들은 망료를 더욱 화나게 만들었다.

'네가 그때 갱도를 폭파시키는 멍청한 짓만 안 했어도 내가 석림방을 잡아먹고 클 필요가 없었지.'

'망료, 이 박쥐같은 놈. 조만간 네놈은 대가를 치르게 될 것이야.'

망료와 위종은 서로 다른 생각을 하며 서로를 보고 미소를 지었다.

"슬슬 대화가 지겨워지려고 하는군. 자, 그래서? 직접 날 찾아온 이유를 들어 보지."

위종이 농을 하듯 말을 던졌다.

"뭐 설마 알고 보니까 절름발이가 예전의 그 아이였다든지 그런 말을 하려는 건 아니겠지. 어? 그러면 나 망 장로한테 실망할 거야?"

위종은 아직 기억한다. 지독문의 멸문에 대해 망료가 어린아이 한 명이 지독문을 멸문시켰다고 말한 것을.

망료의 얼굴이 일그러졌다.

한데 망료는 위종의 생각과 달리 웃음을 참지 못하는 그런 표정으로 얼굴을 일그러뜨리고 있는 것이었다.

그러던 망료가 껄껄 웃었다.

"그럴 리가 있겠소이까! 그게 도대체 언제 적 애긴데. 곡주께서도 아시다시피 그때는 내가 워낙에 좀 황망한 상황이 아니었소이까."

"그랬지."

"어쨌든."

망료가 말을 끊었다가 이었다.

"놈은 우리 독문을 노리고 있소이다. 하나 쉽게 상대할만한 놈이 아닌 만큼, 적당한 미끼를 놓고 그물을 던져야 할 것이외다."

"유인을 하자고? 무슨 미끼를 쓸 작정인가."

"그냥은 안 되고 놈이 걸려들 만한 큰 미끼여야 하오. 이를테면."

망료가 던지듯 말했다.

"철산문이라든가……."

순간 정적이 흘렀다.

"뭐?"

위종은 어이가 없다는 듯이 웃었다.

"허허, 이거 망 고문 이 사람 아주 큰일 낼 사람이네. 지금 내가 잘못 들은 게지?"

하지만 망료의 표정은 아주 진지했다.

"놈은 아무 잘못 없는 수백 명의 촌민을 죽일 정도로 담대하고 잔인한 놈이올시다. 게다가 석림방은 물론이고 도남기, 노육, 구상월까지 죽인 고수요. 어설프게 대응하다가는……."

"망 고문."

위종의 표정은 전에 없이 차가워져 있었다.

"석림방이 반푼이가 되고 방주 가흑이가 죽었다는 얘기를 들었을 때, 내가 속으로 피눈물을 흘린 사람이야. 가흑은 내 친동생 같은 존재였다네."

"안타깝게 생각하고 있소이다."

"안타까운 정도가 아니지!"

위종의 얼굴에 핏줄이 돋았다.

"석림방 자체는 별거 아닐지도 모르지만 운남 독문 전체를 생각하면 매우 큰 전력이었어! 그만큼 우리 운남 독문의 힘이 줄어든 거라고!"

하지만 그 말에 망료는 비웃듯 살짝 조소를 지었다.

"웃어?"

"아니올시다."

"아닌데? 방금 웃은 것 같은데? 어? 내가 잘못 본 거야?"

위종의 표정에 살기가 돌았다.

하지만 망료는 태연하게 대답했다.

"그러니까 놈에게 또다시 우리 운남 독문의 문파를 잃고 싶지 않으면 지금이라도 내 말을 따라 줘야 한다는 얘기외다."

위종은 화를 억누르며 물었다.

"그 말인즉슨?"

"철산문을 중심으로 독곡와 암부, 그리고 인근 모든 문파의 전력을 투입해서 천라지망(天羅地網)을 펼쳐야 하오."

천라지망!

압도적인 인원으로 열 겹, 스무 겹의 촘촘한 포위망을 구성해서 제아무리 고수라 할지라도 절대로 달아나지 못하게 만드는 끈질긴 포위망이었다.

그러나 상대의 무력 수준에 걸맞게 이쪽도 고수와 일반 병력을 적절하게 나눠 섬세하게 배치해야 했다. 그러지 못하면 일반 병력이 심하게 죽어 나간다는 단점이 있었다.

일반 병력의 절대적인 머릿수가 이 천라지망을 구성하는 가장 중요한 요소인 때문이었다.

때문에 지금처럼 적의 정체나 무력 수준도 제대로 모르는 상황에서 무작정 천라지망을 펼치면 일반 병력이 부지기수로 갈려 나가는 걸 감수해야 한다.

독곡과 암부는 독문이라는 특성상 문하 인원이 많은 편이 아니다. 지금 상태에서 천라지망을 펼쳐서 일반 무사와 제자들이 소모된다면 심각한 피해가 생긴다.

천라지망은 문하 제자가 수천 명씩 되는 거대 문파나 숫자가 많은 녹림(綠林) 정도가 쓸 법한 방법이지 독문이 쓸 방법은 아니다. 아차하면 문파가 존폐(存廢)의 기로에 서게 된다.

그런데 망료는 지금 그 천라지망을 요구하고 있는 것이다.

택도 없는 소리다. 단순히 망료의 말만 믿고 그런 위험한 선택을 내릴 수는 없지 않은가!

하여 위종의 얼굴은 절로 일그러질 수밖에 없었다.

"그렇겐 안 되겠는데?"

당연하게도, 거절이다.

망료는 그래도 포기하지 않고 위종을 설득했다.

"나는 놈의 존재를 알고 암부에 협력을 구했고, 이 먼 독곡에까지 찾아왔소이다. 내가 더 무얼 해야겠소?"

"내가 볼 땐."

위종이 말을 잘랐다가 코웃음을 치며 말을 이었다.

"그런 놈은 몇을 데려와도 망 고문 혼자서 날로 잡아먹을 수 있어 보이는걸."

"위 곡주."

"솔직히 말하자면, 나는 천라지망이니 뭐니 호들갑 떠는 게 별로 마음에 들지 않아. 게다가 암부를 통해 철산문에 놈의 존재를 알렸다지? 철산문이 알면서도 당할 것 같지는 않군."

"그럼 놈을 내버려 두겠다는 뜻이오?"

"그럴 리가 있나. 우리 일은 우리가 알아서 하겠다는 뜻이지. 무림총연맹이 개입할 일이 아니라."

위종은 망료와 독문의 관계에 명백하게 선을 그었다. 망료를 더 이상 독문의 사람으로 보고 있지 않다는 뜻을 다시 한 번 분명히 말한 것이다.

"내 생각은 다르오. 나는……."

망료가 말을 하며 소매에서 은패를 꺼내려 했다.

무림총연맹의 권위를 상징하는 은패다. 독곡 역시 무림총연맹에 속해 있는 이상, 망료가 이 은패를 꺼낸다면 위종도 망료의 말을 거부하기 어려워진다.

전력을 다 쏟는 천라지망까지는 안 되더라도 전력의 삼할, 사 할 정도는 차출하여 내놓아야 할 것이다.

그것을 알고 있는 위종은 이를 갈듯이 말을 내뱉었다.

"한 가지 충고하건대……."

"말씀하시오."

위종이 망료를 노려보며 말했다.

"작작 좀 해. 그거 꺼내 들면 도저히 좋은 꼴 보기 힘들어질 거야. 운남의 일은 운남 안에서 해결해야지."

서늘한 살기.

무거운 공기가 망료의 어깨를 짓눌렀다.

망료는 얼굴을 찌푸린 채 주춤거렸다.

위종의 기세에 밀린 듯 이를 꽉 물고 있었다.

잠시간 망료는 위종을 노려보았다.

지직, 지직.

망료의 머리카락과 수염 끝이 흔들리며 불에 그슬린 것처럼 말려든다.

그러다 망료는 더 이상 버티지 못하겠는지 한 걸음을 물러나 고개를 숙였다.

"크윽."

분한 투로 말을 내뱉은 망료다.

"여부가…… 있겠소이까."

물러서겠다는 의미!

망료는 이를 씹으며 은패를 다시 소매에 넣었다.

그제야 위종은 기세를 거두었다. 팔짱을 낀 위종이 오만하게 망료를 내려다보았다.

"가시게. 멀리 안 나가네."

위종의 인사에 망료는 고개를 숙인 채 뒤로 물러나며 몸을 돌렸다.

그러나 억지로 물러서는 듯한 태도와 달리 몸을 돌린 망료의 얼굴에는 비릿한 미소가 맺혀 있었다.

소리만 없지, 사실은 우스워 죽겠다는 표정이었다.

위종은 겉모습과 달리 독선적이고 권위적이다.

오죽하면 운남의 독문이 모두 자신의 소유라 생각한다. 망료가 석림방을 건드린 걸, 자신의 권위에 대항한 것처럼 여겼다.

당연히 망료가 이래라저래라 개입하는 걸 좋아할 리가 없다.

심지어 천라지망이라니!

독곡이, 아니 운남 독문이 망하라고 고사를 지내는 것도 아니고!

위종은 그야말로 황당했을 것이다.

"크크."

팔 년 전에도 망료가 잠깐 대답을 하지 못하고 멍하게 있었더니 즉시 독을 풀어서 힘으로 굴복시키려던 자다.

망료는 그런 그를 초반부터 무공으로 자극하고 무림총연맹의 은표까지 사용해 강제시키려 했다. 위종의 속이 얼마나 뒤틀렸을지는 두말할 필요가 없을 터.

덕분에 위종은 망료가 파놓은 함정을 전혀 눈치채지 못했다.

위종은 무림총연맹의 개입 없이 자신들의 힘으로 일을 처리하겠다고 단언했다. 독곡의 고수를 파견하겠다는 뜻이다.

철산문에 말이다.

'암부'가 아니라!

망료는 흐뭇하게 웃었다.

"상은 잘 차려 놨으니 이제 맛있게 먹는 일만 남았구나. 네놈 때문에 내가 저런 자에게 고개까지 숙였어. 물론 이 대가는 놈에게 언젠가 받아 낼 테지만. 그러니 너 역시 이번에도 나를 실망시키지 말 거라. 껄껄껄!"

암부는 석림방 같은 반푼이와는 차원이 다르다. 지독문보다도 한 단계 윗줄에 있는 문파다.

독곡과 철산문을 배제시켰으나 암부를 함락시키는 게 그리 쉬운 일은 아닐 터였다.

하지만 망료의 빗나간 조언으로 말미암아 암부는 철산문

쪽으로 감시의 눈을 돌려놓았다. 한편으로는 자신들에 대한 방비는 다소 허술할 수도 있다.

아니, 애초에 그렇게 되기를 바라고 망료가 한 짓이다.

어쨌든 진자강이 암부를 어떻게 처리할지, 망료는 기대해 마지않았다.

*　　　*　　　*

진자강은 객잔에서의 일로 자신의 위치가 금세 드러나리라 짐작했다.

하면 암부까지 숨어 다니는 게 좋을까?

그러나 그래서는 안 된다고 생각했다.

수상한 절름발이, 라는 단 하나의 단서만을 가지고 자신을 무조건 잡으려는 걸 보면 실제로 잡는 것보다 오히려 행동을 위축시키려 하는 의미가 있을 터였다.

게다가 운남 독문의 총회합이 한 달도 남지 않았다.

총회합에서 진자강에 대한 협력 논의가 시작되면 진자강의 입지는 더욱 좁아진다. 무슨 일이 있을지 모르니 그 전에 암부를 쓰러뜨리는 편이 가장 좋다.

그러자면 진자강도 바쁘게 움직여야 한다. 저들의 의도에 위축되면 시간이 부족한 건 진자강이 될 뿐이다.

'어떻게 할까……'

  이제 암부까지는 진자강의 걸음으로 오륙일 정도의 거리.

  암부까지 가는 길에는 온갖 감시의 눈길이 있을 터였다. 암부의 소속뿐만 아니라 암부에 협력하는 문파며 일반 마을 사람들까지도.

  방법이 없는 건 아니었다.

  다만 어느 쪽이 더 효율적이고 암부에 압박이 되느냐를 고민한 것이었다.

  잠시 생각하던 진자강은, 길을 돌아가지 않고 그대로 진행하기로 결심했다.

  *　　　*　　　*

  관도가 지나는 길옆의 작은 마을.

  못 보던 젊은 청년이 마을 입구를 지나고 있었다. 오래 여행을 한 듯 다소 지저분했으나 거지꼴은 아니었다.

  마을의 논밭에서 일하던 사람들이 잠시 허리를 펴고 청년을 쳐다보았다.

  청년은 논밭의 사람들에게 길을 물어가며 마을을 지나쳤다.

마을 사람들 중 몇몇의 눈빛이 날카롭게 청년의 위아래를 훑었다.

그러나 별다른 것 없이 평범한 청년이었으므로 그들은 이내 고개를 돌려 버렸다.

하루에 마을을 지나치는 과객(過客)이 수십 명인데 청년은 그중에서 딱히 특이하다고 볼 수 있는 편이 아니었다.

*　　　*　　　*

부민으로 가는 길목의 커다란 호수 성운호(星雲湖).

성운호를 왕복하는 나루터에는 사람들이 북적거렸다.

나루터 앞의 다관(茶館)에도 많은 손님들이 차를 마시며 배 시간을 기다리고 있었다.

"어이! 여기 차 좀 줘!"

칼을 찬 장한 두 명이 요란하게 다관에 들어섰다.

의자를 당길 때마저도 드륵 소리를 내며 시끄럽게 자리에 착석했다.

장한들이 차를 마시며 떠들어 댔다.

"현상금 붙은 놈이 돌아다니고 있다는 말 들었지?"

"이야, 우리한테 걸려야 하는데. 우리도 크게 한 건 해서 신세 좀 펴야지."

"글쎄. 소문에 의하면 철산문 쪽으로 가고 있다고 하더군."

"그놈이 독을 써서 석림방의 방도들을 다 죽이고 인근 사람들까지 깡그리 죽였다던데? 진짜야?"

"미친놈이야. 만일 보더라도 잡는 건 포기하고 조용히 신고해서 포상금이나 타 먹고 마는 게 나아. 그게 목숨값보다야 싸게 먹히겠지."

"절름발이라고 했지?"

"그래. 절름발이를 보면 아무나 신고해도 몇 푼은 챙겨 준다니까, 그거나 먹고 떨어지자고."

장한들이 떠들고 있는데 옆에서 차를 마시던 청년이 일어섰다.

장한 둘의 눈이 청년을 향했다.

"잘 마셨습니다."

청년은 돈을 계산하고 다관을 나갔다. 청년의 뒷모습을 훑어보던 장한들은 금세 시선을 돌리고 다시 수다에 열중했다.

"우리가 그놈을 발견했으면 좋겠군."

"포상금을 타거든 술이나 한 잔 걸치자고. 흐흐흐."

장한들의 말을 들으면서 청년은 미소를 지으며 나루터가 아닌 산 쪽으로 향했다.

"철산문이라고?"

멀쩡하게 걷던 청년의 걸음은 인적이 줄어드는 곳으로 가면서 점점 기울어지더니 마침내는 한쪽 발을 절룩거리기 시작했다.

*　　*　　*

암부의 문주 괴송은 밭에서 잡초를 뽑고 있다가 몸을 일으켰다.

촌부의 복장을 한 중년 남자가 다가와 공손히 허리를 굽혔다.

괴송이 물었다.

"철산문에서는 아직 소식이 없는가?"

"송구하게도, 그렇습니다."

"흐음. 벌써 칠 주야가 지났네. 놈이 전혀 발견되지 않고 있다는 건 아무래도 의아하군."

괴송이 잠시 생각하다가 물었다.

"절름발이를 발견했다는 정보는 몇 번이나 있었지?"

"두 건의 소식이 들어왔으나 모두 인근에서 거주하는 자들로 밝혀졌습니다."

"그것참."

괴송은 턱을 매만졌다.

석림방에서 하루의 거리에 객잔으로 위장하고 있던 암부의 동문들이 독살된 채 묻혀 있던 것이 발견되었다.

절름발이를 보면 무조건 잡으라고 지령을 내린 지 한나절도 채 되지 않아서였다.

그들이 죽었다는 건 절름발이를 발견했다는 뜻이고, 절름발이를 공격하다가 되레 당했다는 얘기다.

그런 점을 고려하면 망료의 말이 아주 거짓은 아닌 것으로 보인다. 하지만 그 이후에 전혀 소식이 없으니 조금은 답답한 지경이다.

"아무튼 계속 지켜보게. 철산문만 신경 쓰고 있지 말고 우리 쪽 주변 경계도 확실히 하도록."

"예."

괴송이 중얼거렸다.

"망료는 워낙에 믿을 수 없는 놈이니까 말이야."

하지만 괴송은 전혀 알지 못했다.

암부와 철산문, 독곡이 진자강을 찾고 있을 때, 진자강은 이미 부민에 도착해 있었다.

심지어 약초꾼처럼 복장을 하고 돌아다니며 암부를 정찰한 지 벌써 사흘이나 되었다.

그건 철산문 쪽으로 시선을 돌린 망료의 계략 덕분이기

도 하였으나, 진자강이 절름발이라고 믿어 의심치 않았던 때문이기도 했다.

덕분에 진자강은 걸음만 주의하면 되었다.

일부러 사람들이 많은 곳을 골라서, 오히려 산행을 한 것보다도 훨씬 편하게 암부까지 올 수 있었던 건 그 때문이었다.

第七章

암부

　암부는 농가 여러 채가 모여 있는 형태고 실제로 구성원 대부분이 농사를 지었다. 때문에 겉으로 보면 딱히 눈에 띄지 않는 촌락의 모습으로 보인다.

　아마 암부가 이곳에 있다는 것도 평범한 사람들은 잘 모를 터였다.

　하지만 조금만 관심을 가지고 보면 암부는 의외로 공략하기 어려운 형태라는 것도 알 수 있다.

　마을로 들어서는 길은 양옆의 산 사이 한 군데뿐이며 산을 타고 가려고 해도 보이는 전면의 산등성이는 모두 계단식 밭으로 되어 있다. 낮에는 누군가가 늘 밭일을 하고 있으므로 외부를 감시할 수도 있었다.

혹시나 밤에 산을 넘어 안으로 들어간다 해도 산 뒷면에 바로 농가들이 절묘한 거리마다 자리를 잡고 있었다.

각각의 농가들이 초소나 마찬가지다.

때문에 진자강조차 쉽사리 접근하지 못하고 아주 멀리에서 상황을 파악했을 따름이었다.

능력이 있다면야 정면으로 들어가는 것이 가장 좋을 지경.

하지만 진자강이 정면으로 암부의 고수들을 이길 수 있을까?

구상월에게는 파절침을 맞추고도 쉽게 제압하지 못해 되레 큰 상처를 입었다. 그 때문에 결국은 독곡의 파견조는 죽이지 못하고 포기할 수밖에 없지 않았는가.

놀랍도록 회복력이 높아진 체질 덕에 상처는 이미 아물었지만, 암부의 고수가 석림방의 무인들보다 월등히 강하다는 걸 뼈에 새긴 계기였다.

하여 진자강은 최대한 멀리에서 암부의 주위를 돌며 이용할 수 있는 모든 환경을 고려하여 차근차근 계획을 세우기로 했다.

그러기를 며칠째, 암부를 공격할 방법을 두고 고민하던 진자강은 근처 마을에서 흥미 있는 일을 보았다.

메밀을 수확해서 소병(燒餅)을 부쳐 먹는 농부들을 본 것이다. 소병은 메밀을 가루 내어 밀이나 찹쌀가루와 섞어 불에 구운 둥그런 떡이다.

진자강은 소병을 얻어먹으며 동네에 관한 얘기를 들을 수 있었다.

이 지역에서는 첫 메밀을 수확할 때 커다란 소병을 만들어 먹는 전통이 있다는 것이다.

진자강은 즉시 암부가 있는 부민으로 돌아가 보았다.

역시나! 산비탈을 타고 만들어진 계단식 밭에 심어진 메밀이 보였다.

농부로 가장하고 있는 암부의 무인들이 메밀을 추수해서 단으로 묶어 볕에 말리고 있었다.

진자강은 눈이 번쩍 뜨였다.

지금 메밀을 말리고 있다면 며칠, 적어도 며칠 내에 암부에서도 타작(打作)을 해서 메밀로 소병을 만들게 될 것이다!

*　　　*　　　*

'주변에서 이용할 만한 걸 찾아봐야 해.'

진자강은 인근의 산을 돌아다니다가 나팔꽃이 잔뜩 자라고 있는 동산을 발견했다.

이미 가을이 다가와 꽃은 지고 메마른 열매만이 붙어 있다.

진자강은 나팔꽃의 열매를 따서 안의 씨앗을 꺼냈다.

나팔꽃의 씨는 견우자(牽牛子)라고 해서 약재로 쓴다. 사하작용(瀉下作用)으로 독성을 배출시키고 부종, 요통 등에 효과가 있다.

하나 대량으로 복용하면 설사를 일으키고 혈뇨를 보며 환각 증세마저 생긴다. 심하면 사망에 이르는 건 물론이다.

물론 씨 몇 알정도 먹는다고 해서 그런 일이 벌어지는 건 아니다. 그러나 대량의 씨에서 독기를 추출해 낸다면 얘기가 달라진다.

진자강은 채취한 견우자를 입 안에 털어 넣었다.

어차피 단사의 독도 거의 다 사용했기 때문에 이번엔 견우자의 독을 이용하려는 생각이었다.

오드득, 오드득.

진자강은 견우자를 계속 씹으며 씨를 수확했다.

들은 정보로 추정했을 때, 암부의 본산에 있는 수는 대략 오십여 명.

'오십 명이라…….'

진자강은 넓게 분포한 나팔꽃 동산을 보며 양을 계산했다.

아마 견우자 한 말은 족히 먹어야 오십 명을 죽일 수 있을 만큼의 독을 뽑아낼 수 있을 법하다.

어쨌거나 이 정도의 나팔꽃이면 양은 충분했다.

수백 명은 죽이고도 남을 만큼.

*　　　*　　　*

저녁이 되자, 밭에서 일을 하던 암부의 무인들이 처소로 돌아갔다.

진자강은 밭까지 접근해서 메밀밭을 돌아다녔다.

계단형 밭이 지어진 이 산이 암부를 방어적으로 둘러싸고 있었지만, 오히려 그 덕분에 안에서도 밖을 감시하기 쉽지 않게 되어 있다.

높게 자란 메밀들과 곳곳에 묶어 둔 짚단이 충분히 진자강을 가려 주고도 남았다.

진자강은 메밀밭을 돌아다니며 혹시나 손을 쓸 수 있는 여지가 있는지를 확인했다.

본래 메밀의 알곡에 독을 살포하려 하였으나, 생각해 보니 그건 무의미한 일이었다.

메밀의 알곡을 가루 낼 때 물에 씻고, 맷돌로 갈아서 채로 껍질을 거르기 때문에 껍질에 독을 도포해 봐야 큰 효과를 보기 어렵다.

진자강은 잠시 메밀밭을 더 둘러보다가 조심스럽게 영역 밖으로 나갔다.

오드득, 오드득.

그 와중에도 견우자를 계속해서 씹고 있는 진자강이었다.

*　　　*　　　*

산비탈의 음지쪽에 옹기종기 지어진 암부의 집들을 멀리서 바라보던 진자강은 마침내 결정을 내렸다.

며칠을 지켜보았으나 허점은 보이지 않는다.

그렇다면 수입호굴(雖入虎窟)!

이젠 호랑이 굴로 직접 들어가는 수밖에 없다.

더 기다려도 나아질 게 없다면 오히려 메밀 추수의 때를 놓치지 않는 것이 나을 것이다.

아마도…… 이건 이제까지 진자강이 해 왔던 계획 중에 가장 위험한 일이 될 터였다.

"후우."

진자강은 짧은 한숨을 내쉬고 고수들을 상대할 방법을 강구했다.

철산문이나 암부의 고수를 상대했을 때 암기와 독분이

없었다면 그렇게 쉽게 상대할 수 없었을 것이다.

무공의 고수들과 싸우려면 진자강에게도 그에 걸맞은 도구가 필요하다.

'암기가 있다면……'

하지만 연고도 인맥도 없는 진자강에게 그런 암기를 만들어 줄 장인(匠人)이 있을 리 만무하고, 지금 당장 구할 수도 없다.

'지금 쓸 수 있는 건 이것뿐인가.'

진자강은 한 뼘 길이의 뾰족한 침을 들었다.

철산문의암기인 철우산에 내장되어 있던 파절침을 몇 개 집어 온 것이다.

한 줌의 기운을 백회혈로 빨아들이고 그 기운을 내공으로 만든 후 손까지 이동시켰다. 그리고 손목과 손가락, 파절침에 내공이 이어지도록 미세하게 조정했다.

갱도에서 배운 오송문의 암기술이다.

비선십이지(飛線十二支).

오송문의 무공이 그다지 뛰어난 편은 아니나 나름의 최고 절기로 뽑아 전수해 준 것이니만큼 효과는 나쁘지 않다.

진자강은 가늘게 이어진 내공을 그대로 밀어내듯, 손을 앞으로 뻗었다.

피잉—

아주 작은 파공음이 울리면서 파절침이 길게 날아가 진
자강이 목적한 오 장 밖의 나무줄기에 박혔다.

팍!

실전에서는 독침을 이용하기 때문에 굳이 암기에 힘을
주어 던질 필요가 없다. 깊이 박히든 얕게 박히든 아니면
스치든 간에, 상처만 내면 끝이다.

때문에 진자강은 힘보다는 속도와 정확성에 중점을 두었
다.

파절침을 한 개 더 들었다. 숨을 참고 내공을 꼬아 손가
락을 비틀면서 튕기듯이 손가락을 뻗어 냈다.

이번에는 파절침이 공중에서 두 번 정도 휘어지며 세 개
의 호선(弧線)을 그렸다.

비선십이지라는 명칭은 그래서 생겼다. 능숙해지면 열두
개의 가지가 뻗듯이 다른 방향으로 열두 번의 변화를 줄 수
있었다.

하지만 아쉽게도 이번에 던진 파절침은 목적했던 나무줄
기를 살짝 벗어나 뒤쪽 수풀로 날아갔다.

진자강은 아쉬운 표정으로 참았던 숨을 내뱉었다.

앞이 보이지 않는 갱도에서 연습을 한 것과 밖에서 실제
로 행하는 건 많이 다르다.

지금으로써는 한 줌의 기운을 받아들이면 비선십이지를

두 번 운용 가능한 수준이었다.

하나 아직 부족하다. 만약 이것이 실전이었다면 두 번째 암기를 맞추지 못해서 아찔한 순간이 찾아왔을 터였다.

"좀 더 연습을 해야 해."

암기술뿐 아니라 각종 병기술, 보법, 신법 등.

아직 진자강이 해야 할 일은 많았다.

오도독.

진자강은 견우자를 씹으면서 다시 기운을 추슬렀다.

*　　　*　　　*

나흘이 지나자 마침내 암부의 무인들이 메밀 타작을 시작했다.

말려 둔 메밀대를 포대 위에 넓게 펼쳐 놓고 메밀대를 도리깨로 두들겼다.

무인들이 메밀 타작을 끝내고 알곡들을 모았다. 모은 알곡들을 풍구에 넣어 발판을 발로 밟으며 날개를 돌려 쭉정이와 검부러기를 골라내었다.

어느 정도 알곡이 모이자, 중년의 남자가 알곡 한 포대를 담아서 어깨에 짊어졌다.

"일단 오늘 쓸 만큼만 가져가야겠군."

"개울에서 씻고 옆에 말려 놔. 저녁에 맷돌로 갈게."

"알았네."

남자는 무거운 포대를 짊어지고도 아무렇지 않게 비탈을 걸어 산 위로 올라갔다.

산 위에서부터 흘러내리는 개울물이 산 외곽을 빙 둘러 흐르고 있다. 농사에 필요한 물을 거기에서 끌어다 쓰고 있는 것이다.

남자는 껑충껑충 산을 올라가 평평한 바위 위에 포대를 내려놓았다. 커다란 대나무 소쿠리를 바닥에 놓고 그 위에 메밀을 쏟아 씻을 준비를 했다.

"오늘 저녁은 든든하게 소병을 먹을 수 있겠군."

남자는 두 팔을 걷고 흐뭇한 미소를 지었다. 남자가 막 메밀을 세척하려 하는데, 문득 상류에서 허연 것이 떠내려오는 게 보였다.

"으음?"

죽은 물고기가 상류에서부터 배를 까뒤집고 둥둥 떠내려오는 것이다.

남자의 눈이 가늘어졌다.

"무슨 일이지?"

좋지 않은 징조다.

일단 냇가에서 떨어져 뒤로 물러난 남자는 메밀을 내버

려 둔 채 상류로 올라갔다. 올라가는 내내 죽은 물고기들이
배를 드러낸 채 계속해서 떠내려오고 있었다.

남자는 최대한 발소리를 죽이고 상류로 올라갔다. 물고
기들이 죽은 원인이 그곳에 있었다.

상황을 파악한 남자는 외려 긴장이 풀려 웃음이 다 나왔
다.

"야말리(野茉莉)잖아."

야말리는 때죽나무다.

뭣 때문인지는 모르지만 때죽나무의 커다란 가지가 부러
진 채 개울에 잠겨 있었다.

때죽나무는 사람에겐 해롭지 않지만 곤충이나 물고기에
게는 매우 유독하다.

이 정도로 큰 가지가 잠겨 있으니 때죽나무의 독성에 물
고기들이 죽어서 떠내려올 만하다.

"가지가 왜 꺾어진 거야?"

첨벙첨벙.

남자는 무릎까지 물이 차 있는 개울에 들어가 때죽나무
가지를 건져 냈다. 때죽나무 가지를 밖으로 멀리 던져 버린
후 다시 개울을 따라 아래로 내려왔다.

원래 자리로 돌아온 남자는 바위 위에 올려 둔 대나무 소
쿠리를 잡았다.

메밀을 씻기 위함이었는데…….

따끔.

남자가 인상을 쓰며 손가락을 뗐다. 소쿠리의 대나무 살이 튀어나왔는지 끄트머리에 찔렸다.

손가락 끝에 핏방울이 맺혔다.

"아니, 오늘 왜 이래?"

남자가 짜증을 냈다.

그런데 그때 그의 귀에 인위적이고 꺼림칙한 소리가 들려왔다.

오도독, 오도독.

갑작스러운 인기척.

남자가 고개를 돌려 뒤를 보았다.

숲을 헤치면서 젊은 청년이 걸어오고 있었다. 그 청년이 뭔가를 씹고 있어서 오도독 소리가 났던 것이다.

"뭐야."

단순히 지나가던 길이라던가 한 건 아닌 모양인 것이, 남자를 똑바로 보면서 오고 있었던 것이다.

그러나 누구인지 굳이 물을 필요도 없었다.

젊은 청년의 걸음이 어딘가 불편해 보였기 때문이다.

청년은 한쪽 발을 절고 있었다.

그 순간 남자의 얼굴에 긴장감이 감돌았다.

"절름발이?"

운남 거의 전역에 수많은 감시의 눈이 깔려 있다. 그런데 어떻게 그 감시의 눈에 걸리지 않고 절름발이가 여기까지 와 있는가!

젊은 청년이 걸음을 멈추었다.

"나는 당신을 모르는데, 당신들은 나에 대해 잘 아는 모양이군요."

남자가 물었다.

"네가 석림방을 멸문시킨 그놈이 맞느냐?"

젊은 청년, 진자강은 부인하지 않았다.

"그렇습니다. 지독문, 석림방. 둘 다 내가 지웠습니다."

"생각보다 젊군."

진자강이 남자를 똑바로 보며 물었다.

"당신은 암부의 소속이겠지요. 팔 년 전, 약문을 공격한…… 맞습니까?"

"맞다면 네놈이 어쩌려고?"

진자강은 고개를 끄덕이더니 차갑게 말을 내뱉었다.

"당신을 죽여야겠죠."

"허, 어린놈이……."

남자의 얼굴이 일그러졌다.

그러나 남자도 함부로 진자강에게 덤벼들 수는 없었다.

진자강은 당당하게 모습을 드러냈다. 어지간한 멍청이가
아닌 이상에는 상대할 실력이 안 되는데 정면에서 나타나
지는 않는 것이다.

"뭐하는 놈이냐, 넌."

남자는 우선 적을 탐색하기 위해 말을 걸었다.

진자강은 남자를 빤히 보며 대답했다.

"약문의 후예."

"그럴 리가……."

남자가 인상을 쓰고 물었다.

"네놈 나이가 약관이 되어 보이지 않는데 어떻게 그때의
일로 복수를 하겠다고 나타난 거지?"

"나이가 무슨 상관입니까. 그때 나이가 어렸을 뿐이었
죠."

"약문 일파는 나이를 불문하고 모조리 죽였다. 약문의
후예가 남아 있다는 것도 못 믿겠군."

본래 포로로 잡은 어린아이들은 노예로 쓰기도 했으나,
지독문 사건 이후에 모조리 참살시켜 버렸다. 그야말로 씨
를 말려 버렸던 것이다.

그에 대한 진자강의 대답은 간단했다.

"당신이 믿든 말든 관심 없습니다."

"이, 이놈이?"

남자는 이를 갈면서도 내공을 끌어 올렸다. 어차피 상대는 자신을 살려 둘 생각이 없어 보인다.

"나는 양공이다. 네놈의 이름은?"

하지만 진자강은 이번에도 딱 잘라 버렸다.

"알겠습니다."

"……어?"

양공은 자기가 말을 잘못 들었거나, 말을 잘못한 줄 알았다.

이름을 물어봤는데 알겠다고 말아 버리다니!

양공의 얼굴이 시뻘게졌다.

"나를…… 모욕하다니."

양공은 암부에서 그래도 열 손가락 안에는 드는 실력을 가지고 있다.

일대일의 암살행을 위주로 하는 암부의 특성상 다른 독문보다 무공이 뛰어난 고수가 많은 편이다.

진자강은 그런 양공을 빤히 바라보았다.

"당신이 얼마나 대단해서 모욕당했단 말을 합니까?"

"뭣이?"

"고작 사람 죽이고 다니는 일이나 하면서 존중받기를 원하는 겁니까?"

진자강의 시선이 날카롭게 양공을 찔러 왔다. 양공이 인상을 썼다.

진자강이 말했다.

"좋습니다. 그럼 한 가지만 묻겠습니다. 대답할 수 있다면 살려드리죠."

"이런 건방진 놈…… 좋다. 물어봐라!"

양공은 이를 갈았다.

그러나 진자강의 눈빛에서 느껴지는 서늘함 때문에 섣불리 움직이지는 못하고 있었다.

양공이 진자강의 입을 주시하고 있는데, 진자강은 금세 질문을 던지지 않고 잠시 말을 곱씹었다. 그러더니 손에 쥐고 있던 뭔가의 한 줌을 입에 넣고 씹는다.

오드득, 오드득.

양공은 기분이 이상해졌다.

'이 새끼 도대체 뭐하는 거야?'

어쨌든 고작해야 하품 한 번 하고 나면 지나갈 시간이었지만, 양공에게는 그 시간이 너무 길고 지루하게 느껴질 지경이었다.

마침내 진자강이 씹기를 멈추고 물었다.

"당신, 살 수 있을 것 같습니까?"

"……."

양공은 말문이 막혔다.

살 수 없을 거라고 대답하면 왠지 '맞습니다' 할 것 같고, 살 수 있을 거라고 말하면 '틀렸습니다' 하면서 조롱할 것 같은 질문이 아닌가!

양공은 분노했기 때문인지 속이 뜨끈해지는 기분이 들었다. 아니, 정말로 속이 뜨거웠다. 내장이 꼬인 듯 뒤틀리고 아파 오기 시작했다.

얼굴에 땀이 나고 입이 바싹바싹 말라 왔다.

'뭐, 뭐지?'

아랫배가 너무 쓰리고 묵직했다. 변소에 가고 싶은 느낌과 비슷했다.

'지금 상황에?'

양공은 스스로도 황당했다.

내공으로 급하게 생리 현상을 억눌렀다. 그런데 내공을 움직일수록 몸 상태가 더 안 좋아지는 느낌이다.

'이, 이게 어떻게 된 거지?'

양공은 땀을 뻘뻘 흘렸다.

진자강이 다시 물었다.

"대답 못 하겠습니까? 네, 아니오만 하면 되는 간단한 질문이었습니다만."

양공은 눈을 부릅뜨고 진자강을 노려보았다.

이건 마치 양공이 겁을 먹어서 말을 못하는 것처럼 취급

하고 있지 않은가!

'건방진 새끼!'

진자강의 수작에 말려드는 기분이기는 했으나 그까짓 것도 대답 못 해서 업신여김을 받는 건 사양이었다.

하여 양공은 고함을 지르려 했다.

'오냐! 나는 살고 네놈은 죽을 거다. 됐느냐!'

그렇게 말을 하려 했으나 실제로 나온 말은 달랐다.

"어, 어어업 브. 브브……."

그 순간 양공은 소름이 끼쳤다.

말이 나오지 않는다!

"어, 어브 아…… 아아그."

아무리 애를 써도 말이 제대로 나오질 않는다!

왜! 어째서!

진자강은 그런 양공을 보면서 아무렇지 않게 혼잣말처럼 중얼거렸다.

"견우자의 독입니다. 이제 퍼진 모양이군요."

양공은 어이가 없어 진자강을 쳐다보았다.

독! 독?

"견우자의 독에는 말을 못하게 만드는 효과가 있죠."

'도대체 언제 독을…….'

설마 때죽나무?

아니다. 때죽나무일 리가 없다.

퍼뜩 생각이 든 양공은 자신의 손가락을 내려다보았다. 소쿠리를 잡다가 가시에 찔린 손가락이 어느새 퉁퉁 부어 있었다.

"으어으읍!"

양공은 황망하기도 했지만 자기 자신에게 화도 났다.

왜 독이 이 정도로 들을 때까지 알아채지 못한 것일까. 보통 살상력이 강한 독은 몸에 들어오는 순간 알아채기 마련인데 말이다.

여하간에 이렇게 어이없이 죽을 수는 없는 일이다. 게다가 무슨 대단한 독도 아니고 나팔꽃 씨의 독 따위로!

양공은 이를 악물었다.

본래 중독된 걸 알아채면 최대한 빨리 숨을 멈추고 내공으로 독을 억제한 후, 혈도를 막아 독이 퍼지는 걸 막는 것이 기본이다. 하지만 이미 독이 퍼질 대로 퍼진 상황에서야 그도 어쩔 수가 없다. 이젠 죽기 살기로 싸워 놈에게서 해독약을 빼앗는 수밖에 없었다.

양공은 양손을 교차시켜서 소매 속에 넣었다가 뺐다. 한 뼘 길이에 고리가 달려 있고 기형적으로 굽어진 칼이 새끼손가락 끝에 걸려 나온다.

핑그르르르!

새끼손가락을 움직이자 고리에 걸린 소곡도(小曲刀)가 회전했다.

"크아아!"

양공은 힘껏 포효한 후 진자강을 향해 달려들었다.

진자강은 양공의 몸놀림이 그리 민첩하지 못하다는 걸 확인했다. 대부분의 독이 그러하듯, 견우자의 독도 신체에 여러 가지로 영향을 준다.

특히나 견우자는 직접적으로 뇌에 작용한다. 환각을 보게도 한다. 물론 그 환각은 뇌가 죽어 가기 때문에 발생하는 일이다.

그러니 움직임이 정상적일 리 없다. 양공의 눈 초점은 흐릿했다. 진자강을 똑바로 쳐다보지 못했다.

양공도 그 점을 의식한 듯 세밀한 공격보다는 큰 범위로 팔을 휘둘러 공격해 왔다.

부우웅!

진자강은 허리를 뒤로 뉘여 양공의 팔을 피했다. 뻔히 공격의 궤적을 알고 있었는데도 반 뼘밖에 거리를 두지 못할 정도로 아슬아슬하게 칼날이 지나갔다.

양공이 계속해서 틈을 주지 않고 공격했다. 보법을 밟아 전진하며 소곡도를 휘두른다.

핑그르르르!

소곡도의 끝에 내공이 실려 있어서 공중을 가르는 데 날카로운 소리가 난다. 궤적에 걸린 나뭇가지들이 싹싹 잘려 나갔다.

진자강은 뒤로 물러나면서도 양공의 무공에 섬뜩함을 느꼈다. 그 칼날에 걸린 게 진자강의 몸 일부라면 여지없이 살이 쩍쩍 베어질 터였다.

'저자의 몸 상태가 정상이었다면…….'

역시나 독을 쓰지 않으면 단순 무공만으로는 차이를 극복하기 어렵다. 때문에 위험을 감수하고서라도 이렇게 직접 맞닥뜨려 상대의 실력을 눈에 익혀 두려는 것이다.

그것이 당장보다도 앞날을 위한 길이다.

진자강은 최대한 양공의 공격을 눈에 익히며 보법을 이용해 회피했다. 지금은 갱도에서 팔 년이나 머릿속으로 상상해 왔던 수법들을 시험해 보고 실제로 사용해 볼 수 있는 소중한 기회의 시간이었다.

반면에 양공은 계속 내공을 쓰고 있었기 때문에 독의 발발이 더욱 심해졌다.

양공은 삼십여 초의 초식을 펼쳤으나 고작 진자강의 옷깃을 벤 것이 다였다.

눈이 점점 침침해진 관계로 후반의 십여 초식은 진자강을 거의 보지도 못하고 마구잡이로 펼쳐야 했다.

"헉…… 헉헉."

양공은 거친 숨을 몰아쉬며 공격을 멈췄다.

지쳤다.

"그, 그극."

장난하지 말고 이제 그만 죽여라! 라는 말을 하고 싶었지만 혀가 완전히 굳어서 소리가 잘 나오지 않았다.

대신 양팔을 늘어뜨림으로써 포기 의사를 밝혔다.

보이지 않는 눈도 아예 감아 버렸다.

누가 봐도 조용히 죽겠다는 뜻으로 보였다.

진자강의 목소리가 들려왔다.

"목숨을 거둬 달라는 뜻입니까?"

목소리로 들어 볼 때, 진자강은 양공의 전방, 여섯 걸음 정도 앞에 서 있다.

양공은 고개를 끄덕였다. 그러면서 몰래 새끼손가락을 굽혔다. 소곡도가 안쪽으로 미세하게 움직였다.

'내가 그냥 죽을 것 같으냐?'

소곡도의 끝에는 용수철이 장치되어 있다. 넷째 손가락으로 고리를 잡고 당기면 즉시 소곡도의 칼날이 쏘아질 것이다.

소곡도의 칼날에는 극독이 발라져 있다. 스치기만 해도 죽음을 면하기 어려울 터.

즉, 진자강이 자신을 죽이러 오는 순간이 곧 진자강이 죽는 순간이다!

양공은 시각 대신 청각에 집중했다.

하지만 진자강의 말소리는 더 이상 들려오지 않았다. 죽이려고 다가오지도 않았다.

핑!

날카로운 파공성이 들려서 양공이 어깨를 움찔했을 땐, 이미 미간에서 통증이 느껴진 후였다.

양공은 손으로 미간을 더듬었다. 뾰족한 침이 박혀 있었다.

"끄, 끄으……."

순식간에 머리에 감각이 사라졌다. 머리부터 목, 어깨, 심장까지 점점 굳어 오는 게 느껴졌다.

그제야 진자강이 말했다.

"이제 됐습니까?"

이게 아닌데?

내가 원한 건 이게 아니라고!

가까이 와서 죽여 달라고 했지, 누가 암기를 던져 죽여 달라 했냐!

양공은 온 힘을 짜내어 한 팔을 휘둘렀다.

"끄아아아!"

소곡도의 칼날이 발사되었지만 그 방향은 전혀 엉뚱한

곳이었다. 바로 앞쪽에 박히고 만 것이다.

양공은 그대로 고꾸라졌다. 머리가 바닥의 작은 바위에 부딪치며 깨졌지만 그는 그것조차 느끼지 못했다.

"끄윽, 끄윽."

그저 죽어 간다는 것에 대한 생소함, 정말로 죽는구나 싶은 공포감과 두려움이 엄습할 따름이었다.

그리고 무엇보다도 억울했다.

'억울하다! 억울하구나!'

진자강이 손에 잡힐 듯 잡히지 않고 달아나긴 했지만 그건 딱히 대단한 건 아니었다. 형편없는 보법에 형편없는 움직임이다.

그래서 더 억울했다.

'이런 놈에게…… 겨우 견우자의 독으로!'

차라리 처음 보았을 때 바로 공격을 시도했더라면 어땠을까.

그랬다면 독이 퍼지기 전이라 지금보다는 몸 상태가 훨씬 좋았을 테고, 아마 오 초 이내에 제압할 수 있었을 것이다.

'놈의 소문 때문에 괜히 신중한답시고……!'

석림방을 멸문시키고 세 독문의 고수들을 죽였다고 하니 자기도 모르게 신중했던 게 사실이었다.

그러나 독이 퍼지도록 시간을 끌며 말로 자신을 자극한

진자강의 심리전에 말린 건 자신의 책임이다. 누구를 원망할 수 있을까!

하나 그럼에도 불구하고 대단치도 않은 놈에게 죽는다는 건 정말로 억울한 일이었다.

진자강이 다가와 양공을 내려다보았다.

"참으로 이상하군요."

"끄윽, 끅?"

뭐가 말이냐?

"왜 당신네들은 죽어 가면서 그리도 억울하다는 표정을 짓고 있을까요."

억울하니까!

"당신들에 의해 영문도 모르고 죽어 간 약문 일파들은 더 억울했을 텐데 말입니다."

"끄으……."

양공은 서서히 죽어 갔다.

진자강은 그의 몸을 뒤져서 소곡도 새 자루를 입수했다.

양공처럼 손가락에 끼워 자유로이 다루는 건 무리다. 하지만 방금 본 것처럼 암기로 사용할 수는 있으리라.

손가락 두 마디만 한 작은 병도 발견했다. 그것도 챙겼다.

진자강은 양공이 완전히 죽은 것을 확인하고는 그의 몸을 끌어 개울에 던졌다.

풍덩!

한 시진 정도면 그의 몸이 하류에서 발견될 것이다.

이제 서둘러야 한다.

진자강은 개울이 흐르는 쪽과 반대 방향으로 걷기 시작했다. 개울과 반대쪽을 통해 암부의 중심으로 진입할 생각이었다.

오드득, 오드득.

그 와중에도 견우자를 씹어 먹기를 멈추지 않는 진자강이다.

*　　　*　　　*

"양공 이 친구는 메밀 씻으러 가서 왜 이렇게 안 와?"

밭에서 타작을 하던 암부의 무인들이 의아해했다.

"어디 그늘에서 낮잠이나 자빠져 자고 있는 거 아냐? 껄껄껄."

"거기 막내. 네가 좀 다녀와 봐라. 상류 어딘가 있을 게야."

막내라 불린 이십 대로 보이는 일꾼이 몸을 일으켰다. 말은 막내지만 실제로는 암부의 일반 무사다.

"예. 다녀오겠습니다."

그러나 일반 무사는 양공을 찾으러 최상류까지 갈 필요가 없었다. 개울을 따라 상류로 올라가던 중, 개울 중간의 돌에 걸려 있는 양공의 시체를 발견했기 때문이었다.

일반 무사는 양공의 신원을 확인하자마자 얼굴이 하얗게 질렸다.

곧바로 허리춤에서 호각을 꺼내 불었다.

삐이이이익—!

어지간해서는 울리지 않는 호각 소리.

일각도 채 되지 않아 암부의 고수들이 번개처럼 호각 소리가 난 지점으로 달려왔다.

그들은 바로 양공의 사망 원인을 밝혀냈다.

"독살당했군."

그 위쪽 지점에서 싸움의 흔적이 남아 있던 것도 발견했다.

"시간이 얼마 지나지 않았다. 흉수가 근처에 있어."

"주변을 수색해라!"

양공이 독살당했다는 걸 알자, 암부는 그 즉시 비상사태에 들어갔다.

마을 회관에서 소병을 만들 준비를 하고 있던 괴송 역시 소식을 전해 들었다.

괴송의 얼굴 표정이 심상치 않게 변했다.

실족사했거나 혼자 잘못된 게 아니라 독살당했다?

그것도 암부의 본거지 지척에서?

"허허, 설마……."

지금 순간에 떠오르는 단어가 있었다.

석림방의 멸문!

절름발이!

"설마 철산문이 아니라 우리 쪽으로 왔다고?"

망료의 예상이 잘못된 것일 수도 있었다.

아니면 의도적인 것일 수도 있고.

괴송은 미간을 찌푸렸다.

어쨌거나 절름발이가 맞다면, 수많은 감시망을 전부 뚫고 왔다는 것 자체만 봐도 결코 무시할 수 없는 놈이라는 건 알 수 있었다.

"음? 가만?"

괴송은 방금의 일들에서 의외의 모순점을 발견했다.

감시망에 전혀 걸리지 않고 전부 돌파할 정도로 철두철미한 놈이 왜 시체 처리를 못 해서 개울에 시체를 버려뒀을까.

금세 발각될 걸 알면서도.

"놈……?"

괴송의 미간 주름살이 더 깊어졌다.

第八章

호랑이 굴에 들어가다
[雛入虎窟]

　암부의 고수들이 개울을 따라 수색하는 동안, 진자강은 반대편으로 돌아 마을에 진입하고 있었다.

　제대로 된 길을 따라 암부로 들어가면 계단식 밭이 있는 산을 통과하지만, 산을 돌아서 반대로 진입하면 산등성에 정면으로 자리 잡은 집들을 마주 보며 내려가야 한다.

　어찌 보면 오히려 더 눈에 띄기 쉬운 것이다.

　하지만 오히려 드러나기 쉬운 만큼 빈틈이 있을 터. 개울 쪽으로 관심이 쏠린 이때가 최고의 적기였다.

　진자강은 나무와 풀의 그림자 속에 최대한 몸을 숨기며 마을의 중앙 쪽 큰 회관을 목표로 향했다.

멀리서 확인한 바, 그곳에 우물이 있었다.

진자강은 조심스럽게 마을 안으로 들어섰다. 첫 번째 집의 벽에 붙어서 마을 안을 쳐다보았다. 집 사이의 거리는 적당히 띄엄띄엄 떨어져 있어서 오히려 이럴 땐 도움이 된다.

마을 안에는 한둘 정도의 사람들만이 돌아다니고 나머지의 인기척은 느껴지지 않았다. 아마도 진자강을 찾기 위해 수색을 나가 있으리라.

진자강은 비어 있는 첫 번째 집에 들어가 옷을 훔쳤다.

옷을 걸친 후 심호흡을 하더니 밖으로 나와 아무렇지도 않게 당당히 마을 안을 걸었다.

느리지도 빠르지도 않게 적당히.

절룩절룩.

놀랍게도 너무 당당히 다녀서 그런지 진자강을 눈여겨보는 이가 없었다!

진자강은 네 채의 집을 지나 거의 이십여 장을 이동했다.

태연하게 마을 안을 걷던 진자강은 지나가다가 창고에 들렀다. 곡물 등을 저장해 두는 창고다. 수많은 곡물 자루들이 가득 쌓여 있었다. 곧 들여올 메밀의 자리를 만들어 둔 것인지 한쪽은 깨끗하게 치워져 있었다.

진자강은 창고 안을 훑어보며 이것저것 만져 보다가 곡

물 한 자루를 집었다.

그리고 그것을 입구 쪽에 놓여 있는 지게에 올렸다.

그 지게를 짊어지고 창고를 나왔다.

누가 보면 영락없이 일을 하는 것처럼 보였다.

절룩절룩.

얼굴을 알아보기 힘들 정도로 멀리서 진자강을 쳐다보는 사람이 있으면 가볍게 고개를 숙여서 인사를 하기까지 했다!

진자강은 서두르지 않았다.

목표로 하는 곳까지 서둘러 가지 않고, 이리 기웃 저리 기웃하며 느긋하게 걸음을 옮겼다. 누가 봐도 이 마을에 사는 사람 같았다.

하지만 무거운 자루를 짊어졌기 때문에 처음보다도 오히려 더 발을 절었다.

너무 긴장해서 모르는 탓이었을까? 진자강은 자신의 걸음을 교정하려 하지 않았다.

한데 갑자기 진자강의 눈빛이 변했다.

저 멀리서 무언가에 쫓기듯 장년의 농부가 농기구를 든 채 달려오고 있었다. 진자강은 자연스럽게 옆길로 걸음을 틀었다.

진자강을 향해 달려오던 게 아니었는지 장년의 농부는

진자강 쪽을 힐끔 쳐다보긴 했으나 그대로 스쳐 지나갔다.

진자강은 옆길에서 다시 나와 가까이에 있는 마을 회관
으로 들어갔다.

마을 회관 안에는 오늘 수확한 메밀로 잔치를 하려 했는
지, 준비를 하다 만 흔적들이 역력했다. 소병을 부칠 기름
이며 그릇들, 아궁이 옆에 새로 가져다 둔 장작 등.

진자강은 그 한쪽에 지게를 내려 두고 태연히 입구 쪽으
로 걸어갔다.

거기에서 밖을 살펴보다가 사람이 보이지 않자, 마을 회
관을 나와 뒷마당으로 돌아갔다.

뒷마당에는 우물이 있었다.

우물에는 솥뚜껑을 닦다 말고 뛰쳐나간 듯한 흔적들도
남아 있었다.

진자강은 우물에 바로 가지 않고 우물 옆 건물 그림자에
몸을 숨기고 품에서 작은 병을 꺼냈다.

이 작은 병은 양공에게서 얻은 것이다. 살짝 마개를 열어
냄새를 맡아 보니 시큼했다. 확실히 극독이다. 소곡도에 바
르기 위해 가지고 다니는 독인 듯했다.

그러나 이 독을 쓸 수는 없다. 암부에서 공통으로 쓰는
독이면 아마도 해독제가 존재할 것이었다.

진자강은 병의 내용물을 바닥에 쏟아 버리고 자신의 새

끼손가락을 들었다.

정신을 집중하니, 단전에 고여 있던 독기가 올라왔다. 이미 찢겨져 피가 맺혀 있는 새끼손가락 끝에 투명한 액이 고이기 시작한다.

똑, 똑.

석림방에서 쓰고 남았던 단사의 독을 작은 병에 모조리 담았다. 양은 얼마 되지 않지만 수십 명을 중독시키기에는 충분한 양이었다.

"후우 후우."

진자강은 길게 심호흡을 했다.

이제까지와 마찬가지로, 진자강은 대놓고 우물로 갔다. 우물에 도착하자 원래 물을 마시려 했던 것처럼 자연스럽게 두레박으로 물을 퍼서 마셨다.

꿀꺽꿀꺽.

조금 마시고 만 게 아니라 몇 번이나 물을 퍼서 거의 한 되 이상을 마셨다.

배가 출렁거려서 움직이기가 힘들지 않을까 하는 수준까지 마셨다.

그러고는 마침내 비상의 독이 든 작은 병을 꺼냈다.

진자강이 작은 병의 마개를 열고 그것을 우물에 막 부으려는 순간이었다.

쉭!

바람 소리가 들려오더니 진자강의 팔에서 메밀대가 돋아
났다.

아니, 메밀이 돋아난 게 아니라 메밀대가 날아와 진자강
의 팔에 꽂힌 것이다!

"흐윽!"

진자강은 신음을 삼켰다.

하나가 더 날아왔다.

두 뼘 길이의 마른 메밀대가 마치 송곳처럼 진자강의 팔
목을 관통해 버렸다.

진자강이 억지로 메밀대를 잡아 뽑으려 하자 메밀대는
그냥 쭉 뜯어지며 빠지고 말았다.

팔이 부들부들 떨리고 힘이 빠졌다. 단사의 독이 든 작은
병마저 놓치고 말았다.

데구루루.

굴러가는 작은 병을 누군가가 발끝으로 툭 걷어 올렸다.

누군가 튕겨 오른 작은 병을 손으로 잡아챈다.

진자강은 마비된 팔을 붙든 채 그 모습을 바라보고만 있
었다.

노인, 괴송이 자신의 머리에 꽂았던 은막대를 뽑아 작은
병에 넣어 본다.

순식간에 은막대가 검게 변색되었다.

독, 그것도 심한 극독이다.

"허어."

괴송은 탄성을 낸 후 진자강을 쳐다보았다.

"도대체가 아주 겁대가리를 상실한 놈이로구나? 감히 암부의 본산에 들어와 우물에 독을 풀려 들어?"

진자강은 피가 송송 새어 나오는 팔목을 붙들고 이를 악물었다. 겨우 풀줄기가 관통했을 뿐인데 고통이 극심하다.

하지만 물러서지 않고 괴송을 노려보았다.

괴송이 인상을 쓰고 말했다.

"아주 제집처럼 느긋하게 돌아다니는 걸 보곤 감탄이 다 나올 지경이었다. 내 팔십 평생을 암행(暗行)하였으나 너 같이 간덩이가 부은 놈은 처음 봤다."

괴송은 진자강이 마을에 진입할 때부터 계속해서 지켜보고 있었던 것이다.

"정말로 어이가 없군."

괴송은 진자강에게 깊은 인상을 받았는지 몇 번이나 같은 말을 했다.

그러다가 진자강에게 물었다.

"네가 그 절름발이냐?"

진자강이 이를 악문 채 잇새로 소리를 내 되물었다.

"그 절름발이라는 게 무슨 말이죠?"

"석림방에서 대량 학살을 한 놈 말이다."

진자강은 이마에서 식은땀까지 흘렸다. 하지만 살기 어린 표정으로 웃음을 띠었다.

"죽어야 할 자들을 죽인 거라면 내가 한 게 맞겠군요."

"어떻게 이런 어린놈에게?"

"지금보다 더 어릴 때 지독문도 내 손에 사라졌습니다만."

괴송은 얼떨떨하기까지 했다.

"뭐? 지독문이?"

나이로 보면 결코 가능한 일이 아니다.

괴송은 말을 하려다 말고 손에 든 작은 병을 잠깐 내려다보았다.

"아니지, 아니지. 강호에서 일어나지 못할 일이란 없지. 이런 간이 배 밖으로 나온 놈이라면 뜻밖에 당할 수도 있……."

그 순간 진자강은 공격당하지 않은 왼손으로 소곡도의 고리를 당기며 괴송을 향해 손을 뻗었다.

팟!

소곡도의 칼날이 괴송에게 발사되었다.

"응?"

칼날은 눈 깜짝할 사이에 날아갔으나, 어느 순간 괴송의 얼굴 바로 앞에서 괴송이 들고 있는 손의 검지와 중지 사이에 끼어 있을 따름이었다.

"허."

괴송이 소곡도를 보고 인상이 어두워졌다.

"양공이를 죽인 것도 네놈이 맞구나."

괴송이 고개를 들어 보니 진자강은 이미 달아나고 있는 중이다. 괴송이 소곡도에 맞든지 맞지 않든지 신경 쓰지 않고 대피용으로 쓴 것이다.

그러나 괴송은 급한 것도 없다는 듯 천천히 진자강을 따라갔다.

진자강은 달려가다가 깜짝 놀랐다.

옆집의 문을 열고 암부의 무인이 뛰쳐나온 것이다.

"어딜 가느냐!"

진자강은 한 줌의 기운을 백회혈로 끌어들인 후 신법을 펼쳤다. 앞의 담을 차고 지붕을 뛰어넘었다.

한 줌의 내공으로 펼칠 수 있는 신법은 그게 한계다. 진자강은 낙법으로 바닥을 구르면서 몸을 일으켜 다시 달아났다.

진자강이 집 하나의 모퉁이를 돌자, 어디서 나타났는지 나이가 마흔 정도 되어 보이는 또 다른 암부의 무인이 낫을 들고 진자강을 막아섰다.

"멈춰!"

진자강은 무인의 말에 대꾸도 없이 소곡도를 뽑아 던졌다. 워낙 급하게 던진 것이라 용수철 장치도 이용하지 않은 비도술이었다.

무인이 슬쩍 고개를 옆으로 해 피해 버리자 소곡도는 허무하게 흙담에 박혀 버렸다. 그사이에 진자강은 무인에게 달려들어 무인의 발목을 걷어찼다.

무인이 다리를 벌리며 진자강의 공격을 피했다. 오히려 낫으로 어깨를 찍으며 반격을 해 왔다. 진자강은 이를 악물고 오히려 낫에 머리를 가져다 댔다.

"허어!"

무인은 화들짝 놀랐다.

멀리서 괴송이 소리쳤다.

"죽이지 마라!"

무인이 온 힘을 다해 낫을 거두었다.

죽일 수도 있지만 죽이면 안 된다. 진자강에 대한 일은 아직 밝혀내야 할 것이 많다. 이대로 진자강이 죽어 버리면 모든 것이 비밀로 묻히고 마는 것이다!

"크윽!"

무인은 최대한 힘을 빼며 멈추었다.

그러나 너무 급한 탓에 힘을 다 빼지 못했다. 낫이 진자강의 이마를 긁고 지나갔다.

피가 튀었다.

그럼에도 진자강은 그대로 무인에게 달려들어 무릎을 걸어 올렸다.

무인은 다리를 좌우로 벌리고 있었기 때문에 진자강의 무릎이 정확하게 사타구니에 틀어박혔다.

뻐억!

끔찍한 소리가 나며 무인의 눈이 툭 튀어나왔다. 진자강은 무인의 코에 박치기를 했다.

으직! 코가 깨지며 진자강의 얼굴에도 피가 쏟아졌다.

무인의 눈이 완전히 풀리며 썩은 고목나무처럼 뒤로 넘어갔다.

쿠웅.

진자강은 그 와중에도 그냥 지나가지 않고 뒤로 넘어간 무인에 올라타며 소곡도로 목을 찔러 확실하게 목숨을 거둔 후, 시체를 넘어 달아났다.

그 모습을 본 괴송의 얼굴이 일그러졌다.

괴송이 숨을 깊게 들이마시더니 발을 굴렀다.

파앙!

괴송의 몸이 쏜살같이 앞으로 뛰쳐나갔다.

궁신탄영(弓身彈影)!

진자강이 달아나다가 불안한 살기를 감지하고 고개를 돌린 순간, 바람이 덮쳐 왔다.

괴송의 우악스러운 손마디가 진자강의 얼굴을 덮었다.

"읍……!"

괴송은 진자강의 얼굴을 잡고 그대로 흙벽까지 밀어 버렸다.

콰앙!

흙벽이 무너지며 진자강은 흙벽의 무더기에 파묻혔다. 괴송이 손을 뻗어서 진자강의 멱살을 잡고 무더기에서 뽑아냈다.

"컥, 커억!"

우수수.

흙먼지가 마구 떨어졌다.

그러나 그 와중에도 진자강은 왼팔을 뻗었다. 소곡도로 공격하려 한 것이었으나, 괴송은 그 전에 진자강의 배를 발로 걷어찼다.

퍽! 쿠당탕.

진자강은 흙더미 속으로 다시 나동그라졌다.

괴송은 마뜩찮은 표정으로 진자강과 죽은 무인의 시체를 번갈아 보았다.

"지독한 놈."

진자강은 몸을 꿈틀거리기만 하고 움직이지 못했다. 충격이 너무 커서 머리가 핑핑 돌았다.

곧 암부의 무인들이 몰려들었다.

괴송이 명령했다.

"일으켜."

진자강에게 물어볼 게 산더미다. 혹시 모를 배후를 캐는 것도 중요하다.

그런데 무인이 쓰러진 진자강을 일으키려다가 갑자기 '윽' 하고 답답한 신음을 지르며 뒤로 주저앉았다. 무인의 허벅지에 소곡도가 꽂혀 있었다.

진자강은 방금까지 그렇게 얻어맞으면서도 손에서 소곡도를 놓지 않고 있었던 것이다.

괴송은 얼굴이 잔뜩 일그러졌다.

자존심에 상처를 입었음은 물론이고 어이가 다 없었다.

놈이 벌써 둘을 죽였다.

양공이야 그렇다 치더라도 암부의 본진에서 자기가 지켜보는 가운데에!

하나도 아니고 무려 둘이나!

암부의 터 밖에서 죽은 양공까지 합하면 셋이 저놈 손에 죽은 것이다!

도대체가 이해하기가 어렵다. 아무리 봐도 무공이 그리 대단해 보이지 않는 것 같은데 말이다.

"이런 개잡놈의 새끼가……."

괴송은 거의 이성을 잃을 지경이었다. 진자강에게 밝혀낼 게 있지 않았다면 그 즉시 찢어 죽였을 터였다.

하지만 그대로는 둘 수 없었다.

괴송은 누운 채로 자신을 쳐다보며 건방지게 미소 짓는 진자강을 보며 일장을 뻗었다.

펑!

가슴을 얻어맞은 진자강은 피를 뿜어내며 몇 번이나 튕겨져 뒤로 굴렀다.

진자강은 몸을 떨며 일어서려고 버둥대다가 곧 축 늘어졌다.

괴송은 기절한 진자강에게 다가가 손을 뻗었다.

내공이 담긴 괴송의 손가락이 진자강의 요혈에 한 치씩 파고들었다.

암부만의 수법으로 혈도를 짚었다.

우득, 꾸득.

괴송은 내공으로 진자강의 근육과 뼈를 건드리며 점혈했다.

"감히 남의 집에서 난장을 부리다니……."

괴송은 빠득 이를 갈았다.

"광에 가둬 놔!"

암부의 무인들은 혈도를 짚은 것도 모자라 밧줄로 진자강을 친친 감은 후, 진자강을 어깨에 짊어지고 광으로 데려갔다.

하지만 괴송이나 암부의 무인들이 모르는 사실이 있었다.

분명히 괴송은 진자강이 기절할 정도로 강력한 장력을 날렸다. 하지만 진자강은 그 정도로 정신을 잃지 않는다.

더구나 어차피 기혈이 막혀 있는 곳이 많아서 점혈을 한다 해도 그리 효용이 없다.

특히나 기혈이 조금이나마 열린 오른쪽이라면 모를까, 왼쪽은 아예 막혀 있어서 점혈 자체가 되지 않았다.

진자강의 점혈은 벌써 반쯤은 풀린 상태나 다름이 없는 것이었다.

*　　　*　　　*

진자강은 광에 내던져졌다.

철커덕.

암부의 무인들이 문을 닫고 열쇠를 채우는 소리가 들려

왔다.

광에 혼자 남겨진 진자강은 몸이 밧줄에 묶여 있으므로 팔을 움직일 수가 없었다.

진자강은 오른손 손가락을 움직여 보았다.

꿈지럭, 꿈지럭.

그럭저럭 움직인다. 벌써 혈도가 풀려 가고 있는 중이었다.

왼손과 왼발은 전혀 점혈이 되지 않아 아까부터 움직일 수 있었다.

진자강은 고개를 들었다.

빛이라고는 철판과 판자의 사이 틈에서 들어오는 게 전부였다.

그 빛을 이용해 광 안을 둘러보았다.

보통의 허름한 광이 아닌 게, 창문은 없고 판자는 굉장히 두꺼우면서 철판까지 덧대어 있다.

문마저도 철제 판이 가로지르고 있었다.

'감옥 대신인가.'

광 안의 바닥에는 밀짚이 깔려 있는데, 미세하게 피 냄새가 난다.

진자강 말고도 다른 누군가가 이곳에 잡혀 있었던 모양이었다.

진자강은 주변 상황을 모두 파악하고 나자 겨우 한숨을 내쉬었다.

"후……."

숨을 내뱉는데 가슴이 욱신거렸다. 갈비뼈가 부러지거나 금이 간 모양이었다.

그래도 이 정도면 생각보다 양호하게 당했다.

'독장은 아니다.'

독장을 쓰면 진자강이 죽을 수 있기 때문에 일반 장풍을 쓴 것이다. 그러나 진자강에게는 독장보다도 일반 장풍이 더 괴롭다.

몸에 스며든 장력이 내장을 건드려서 적잖은 내상(內傷)을 입었다. 진자강의 몸 기혈이 막혀 있지 않았더라면 괴송의 내공이 퍼져서 더 큰 내상을 입을 뻔했다.

역시나 무공의 고수들 앞에서는 방심하면 안 된다. 진자강이 섣불리 맞상대하겠다는 꿈같은 건 아예 버려야 할 정도다.

특히나 노인, 아마도 암부의 문주임에 분명한 그 노인의 무공은 이제껏 진자강이 본 중 가장 강해 보였다.

바싹 말라서 만지기만 해도 부서지는 쭉정이 같은 메밀대를 던져서 팔목을 꿰뚫고, 암기는 손가락으로 잡아 버린다. 게다가 그 가공할 신법이란…….

하지만 진자강은 웃음이 났다.

의도한 바는 모두 이루었다.

이제 기다리기만 하면 된다.

물론 마냥 손을 놓고 기다릴 건 아니다.

진자강은 몸을 일으키려다가 가슴의 통증에 신음을 내뱉었다.

"으윽."

몸까지 묶여서 움직이기가 더 힘들었다.

'우선은 밧줄부터.'

진자강은 이를 꾹 깨물었다.

*　　　*　　　*

암부의 분위기는 묘했다.

본래 첫 수확 날 메밀로 소병을 해 나눠 먹으며 왁자지껄 즐거운 축제가 되어야 하건만 그렇지 못했다.

사람이 셋이나 죽어 나갔고, 그중에는 고수 한 명과 고수에 버금가는 실력의 무인이 하나 있었다. 남은 한 명은 일반 무인이었지만 그렇다 해도 어쨌든 암부의 사람이 죽은 일이었고.

한데 그럼에도 불구하고 또 장례를 치르는 추모식 같은

숙연한 분위기는 아니었다.

그건 이들이 본래 사람의 목숨을 우습게 여기는 암살자이기도 하고, 칼을 들고 사는 이상 자신들 역시 언제든 죽을 수 있다는 걸 알고 있는 탓이기도 했다.

하나 무엇보다도, 팔 년 전의 지독문 사건과 석림방의 멸문 사건에 공통으로 관여한 놈을 잡았다는 성과가 나쁘지 않았던 것이다.

운남 독문을 골치 아프게 만든 골칫덩이를 잡았으니 이제 곧 있을 운남 독문의 총회합에서 암부도 제법 목소리를 낼 수 있으리라!

그래서 일부는 시체를 묻고 장례 준비를 하면서도 일부는 여전히 평소처럼 메밀을 마저 수확하고, 소병을 구웠다.

저녁이 되자 괴송은 수확한 메밀로 구운 첫 소병을 제사상에 올려놓고 죽은 세 사람에 대한 제사를 지냈다.

그리고 모두를 불러 마을 회관에 모이게 했다.

마을 회관의 탁자 가운데에는 구운 소병이 잔뜩 쌓여 있었다.

다들 한 손에 나무로 만든 술잔을 들었다.

괴송이 오늘의 일에 대해 소회를 잠깐 밝힌 후, 술잔을 들어 건배했다.

술잔이 모든 암부의 무인들을 따라 한 순배를 돌았다.

문득 괴송이 소병 하나를 들더니 옆에 있는 이십 대 정도의 젊은 무인에게 주며 말했다.

"놈이 슬슬 깨어날 때가 되었다. 놈에게도 이거 하나 가져다주고 이곳으로 데려오도록."

"예."

젊은 무인은 소병을 받아 진자강을 데리러 광으로 갔다.

"자, 이제 우리도 들지. 한 해 동안 수고 많았네."

괴송이 웃는 얼굴로 구운 소병을 다른 이들에게 나눠 주고 자신도 한 입을 씹었다.

와작.

*　　*　　*

젊은 무인은 광의 문 앞에서 안쪽에 귀를 기울였다가 별다른 소리가 들려오지 않자, 열쇠로 문을 열었다.

진자강은 몸이 묶인 채 차가운 바닥에 뉘어진 그대로였다.

"으으으."

정신이 들긴 했는지 달빛이 들어오자 눈을 뜨고 무인을 바라보았다.

무인은 진자강에게 소병을 내밀었다.

"네놈도 배가 고플 테지? 원래 첫 수확한 메밀로 소병을 구워서 나눠 먹는 게 우리의 전통이다. 고맙게 알고 먹어라."

진자강도 먹고 싶은지 몸을 꿈틀댔지만 몸이 묶인 탓에 소병까지 갈 수가 없었다.

"좀 더 힘을 내서 기어 와 봐. 아니면 내가 먹는다?"

진자강은 몸을 기울여 앞으로 기려 했으나 늑골의 부상 때문에 고통스러워 움직이지 못했다.

별안간 무인이 진자강의 머리통을 발로 찼다.

퍽!

아주 센 것은 아니었으나 충분히 감정이 담긴 발길질이었다.

"아프냐? 아프냐고, 이 호로 새끼야. 아까 니가 고간(股間)을 터뜨려서 죽인 사람이 내 의형이셨다."

무인은 씩씩대면서 진자강에게 주려고 가져온 소병을 자신이 먹어 버렸다.

"너 같은 놈에게는 이것도 아까워. 어차피 뒈질 놈인데."

진자강은 가늘게 눈을 뜨고 무인을 쳐다보았다.

그런데 그 눈빛이 고통스럽거나 두려워하는 눈이 아니었

다. 감정도 없이 담담한 눈빛이었다.

"이 새끼 뭘 그런 눈으로 쳐다봐! 눈을 확 뽑아 버릴라."

무인은 소병을 씹다 말고 진자강의 얼굴을 좌우로 연신 걷어찼다.

퍽! 퍽!

진자강은 코피가 터지고 뺨이 부었다.

그러나 진자강은 신음 소리조차 내지 않고 계속 담담하게 무인을 쳐다보고 있을 뿐이다.

무인은 기분이 나빠졌다.

"너는……."

무인이 성질을 내다가 갑자기 말을 멈췄다. 고개를 갸웃거리면서 배를 만졌다.

그제야 진자강이 입을 열었다.

"배가 아픕니까?"

"닥쳐 이 새……."

무인은 말을 하다 말고 얼굴을 찌푸렸다. 지린내가 났다.

"뭐야, 언제 오줌을 지렸어?"

진자강이 누워 있던 곳이 소변으로 흥건했다. 얼마나 많이 싸 놨는지 작은 웅덩이가 생겨 있을 지경이었다.

"하, 더러운 새끼. 이런 놈에게 내 의형이……."

무인이 진자강의 머리를 발로 밟아서 꾹꾹 눌러 짓이겼

다.

"죽어, 죽어. 더러운 자식이 살아서 뭐해. 부끄럽지도 않냐? 어떻게 이딴 게 우릴 죽이겠다고 잠입을 했지?"

하지만 진자강은 전혀 부끄러워하지 않았다. 무인의 발에 머리를 밟힌 채로 말을 내뱉었다.

"나는 오줌을 쌌지만, 당신은 피오줌을 쏟게 될 겁니다."

"뭐?"

무인은 얼굴을 찡그렸다.

배가 계속 꾹꾹 당겨 왔다.

"으……."

자기도 모르게 신음을 내뱉은 순간, 진자강이 갑자기 몸을 일으켰다.

"어엇!"

무인은 허우적대다가 뒤로 엉덩방아를 찧었다. 아니, 엉덩방아를 찧은 게 중요한 게 아니었다.

온몸이 묶여 있던 진자강이 어떻게 일어났는가!

무인도 일어나고 싶었으나 배가 팽팽하게 당겨지는 이상한 통증 때문에 일어서기가 힘들었다. 몸을 움직이는 것조차 부담스러웠다. 쥐며느리처럼 몸을 웅크리고 펼 수가 없었다!

"으, 으윽! 으으으윽!"

순식간에 무인의 얼굴이 땀으로 범벅이 되었다.

진자강이 완전히 몸을 일으키고는 바로 앞에 서서 무인을 내려다보며 말했다.

"굳이 일어서려고 애쓸 필요 없습니다. 일어서든 앉아 있든 어차피 죽습니다."

갑자기 진자강이 무인의 배를 발끝으로 찍듯이 찼다.

푹!

무인은 배를 움켜쥐고 앞으로 고꾸라졌다.

"으아악!"

배가 땡땡하다 싶더니, 겨우 참고 있었는데 안에서 뭔가가 확 터지는 느낌이 났다.

줄줄줄.

오줌을 싸서 바지가 젖어 버렸다.

그런데 그것이 그냥 누런 오줌이 아니라 시뻘건 피였다!

혈뇨(血尿)!

"말했죠. 당신은 피오줌을 쏟을 거라고."

"어으으으!"

무인은 부끄러울 틈도 없이 망연자실해서 진자강을 올려다보았다. 진자강은 몸에 묶여 있던 밧줄을 그냥 걸치고 있던 것처럼 끌러 내고 있었다.

"으, 으으으! 어, 어떻, 어떻게?"

말을 하고 싶었는데 이상하게 발음이 잘 되지 않았다.

그럼에도 진자강은 무인의 말을 잘 알아듣고 대답했다.

"보통은 굶으면 된다고 합니다."

"……?"

"이번엔 좀 급하게 몸을 불려야 해서 물을 잔뜩 먹었다
가 뺐습니다만."

무인은 진자강이 왜 소변을 그렇게 많이 배출했는지 알
것 같았다. 잡혀서 묶이는 걸 이미 예상하고 미리 몸을 불
렸다가 빼서 밧줄을 헐겁게 만든 모양이었다.

밧줄을 아주 꽉 당겨 놓기 때문에 그래 봐야 아주 약간
빈틈이 생긴 정도였겠지만, 그래도 빈틈이 생기면 어떻게
든 몸을 빼낼 수 있긴 한 것이다.

한데, 왜? 왜 일부러 잡혀서 밧줄로 묶이기까지?

무인은 눈동자에도 피가 들어차서 앞이 잘 보이지 않게
되었지만, 그의 표정을 읽은 진자강이 말해 주었다.

"내가 확실히 잡혀 있다는 걸 인지시키고 싶었으니까 말
입니다."

그러니까 왜?

"덕분에 내 독을 안심하고 먹었지 않습니까? 당신처럼."

무인의 눈이 휘둥그레졌다.

그런 의미가 있었던가!

"으어…… 어어!"

무인은 잘 나오지도 않는 소리를 내며 몸부림을 쳤다.

독을 먹은 것은 자기뿐만이 아니라는 걸 깨달은 것이다!

안 돼! 이대로라면 암부 전체가 자기처럼 중독되고 만다!

하지만 무인이 할 수 있는 일은 없었다. 이미 팔다리가 굳어서 움직이는 것도 불가능했다.

진자강은 무인의 몸을 뒤져서 날카로운 비수를 찾아냈다.

진자강이 무엇을 하려는지 안 무인은 눈을 크게 뜨고 고개를 흔들었다.

"안, 안……!"

진자강은 더 듣지 않고 무인의 목을 비수로 베었다.

무인은 금세 숨이 끊어졌다.

죽은 것을 확실히 지켜본 후, 열려 있는 광의 문밖을 바라보았다.

소란스러운 소리가 들려온다.

진자강은 광 밖으로 나갔다.

*   *   *

진자강의 계획은 완전히 성공했다.

마을 회관 안은 그야말로 한편의 지옥도였다.

"으아아아!"

"끄윽, 꺽!"

"사, 살려 줘."

온갖 비명과 신음 소리가 들려왔다.

눈에서 피를 흘리며 손을 허우적대는 자, 혈뇨를 싸서 피투성이가 된 자, 피거품을 물고 자빠진 자⋯⋯.

암부의 본단에 있던 오십여 인원 전부가 그곳에서 중독된 채 죽음과 사투를 벌이고 있었다. 밖에서 경비를 서던 자들도 나눠 준 소병을 먹고 중독되어 쓰러진 채였다.

진자강이 들어섰을 때에는, 막 독이 발발하여 어수선하고 혼란한 때였다.

"다행이군요, 늦지 않아서."

시간을 끌면 고수들은 내공으로 독을 몰아내기도 한다.

그래서 그들이 마음 편히 독을 몰아내지 못하도록 적당한 때에 난입해서 끝장을 내야 했다.

물론 진자강이 사용한 독은 일반 독보다 훨씬 극렬해서 중독되었다는 걸 알아챘을 때에는 이미 돌이키기 어려운 경우가 대부분이다.

하지만 괴송처럼 내공이 매우 깊은 고수라면 어떻게든

회복이 가능할 수도 있었다. 때문에 진자강도 서둘러 마을 회관으로 온 것이다.

"이, 이놈……!"

진자강을 본 괴송이 신음과도 같은 말을 내뱉었다. 아직 살아 있고 정신이 있는 자들은 고개를 들어서 회관의 입구에 서 있는 진자강을 쳐다보았다.

괴송도 한쪽 눈의 핏줄이 터져 시뻘게진 눈으로 한쪽 벽에 기대어 진자강을 보았다.

진자강은 마치 문을 막은 것처럼 서서 안을 보며 말했다.

"소병은 맛있게 드셨습니까."

괴송은 그제야 독의 출처를 알았다. 술이나 물이 아니었다.

"소병. 소병이라니……."

하지만 소병일 리가 없었다. 죽은 양공이 씻으러 갈 때 가져갔던 메밀은 전부 버렸다.

하여 소병을 만들기 위해 가져온 메밀은 전부 진자강이 잡힌 이후에 가져온 것이다. 그리고 반죽할 때 쓴 우물의 물은 독 검사를 해 봤지만 멀쩡했다.

진자강이 독을 풀기 전에 막아 냈으니 말이다.

그런데 어째서……?

진자강이 한쪽 구석에 놓인 지게에 슬쩍 시선을 주었다.

지게 위에 올려 뒀던 찹쌀이 담긴 자루가 사라져 있었다.

"저 지게는 내가 가져왔습니다."

"……!"

괴송은 그제야 일이 어떻게 돌아간 건지 파악했다.

"이…… 이……!"

소름이 끼쳤다. 저건 전혀 생각하지 못했던 부분이었다.

진자강이 아무렇지 않게 지게에 옮겨 온 자루, 그게 찹쌀이었던 모양이다.

소병은 찹쌀이나 좁쌀 가루와 메밀가루를 섞어 만든다.

그리고 그 찹쌀 자루는 다름 아닌 진자강이 가져온 것이고.

진자강이 창고에서 자루를 얻어 나오는 것은 숨어서 지켜보고 있었다. 하지만 거기에 무슨 대단한 의미가 있을 거라고는 생각하지 못했다.

그저 단순히 일을 하는 중인 것처럼 아무 자루나 지게에 지고 옮기는 행세를 하나 싶었던 것이다.

그런데 그 자루의 내용물에 이미 하독을 해 놨을 줄이야!

그러니까 이 모든 게 암부가 소병을 만들 거라는 걸 알았고, 그 소병에 찹쌀이 들어간다는 것까지 모두 계산하고 꾸민 일이었다는 것이다.

결국 우물에 독을 푸는 것처럼 해서 암부를 속인 거나 다름이 없었다.

하필이면 괴송은 진자강을 잡았다고 기분이 좋아서 아이 머리통만 한 소병을 다섯 개나 주워 먹었다. 다섯 개째 먹었을 때 뭔가 잘못되었다는 걸 알아서, 다섯 개째는 다 먹지 못했지만.

으드드득!

괴송은 부러져라 이를 갈았다.

치밀하다. 치밀한 놈이다.

어찌나 치밀한지, 저놈은 일부러 잡혀서 방심을 유도하기까지 했다.

나는 잡혔으니까 너희는 잔치를 하든 뭘 하든 마음 놓고 해라, 라고 한 행동인 것이다.

어떻게 일부러 잡힌 걸 알았느냐고?

당장에 광을 탈출해서 저렇듯 멀쩡한 꼴로 여기 와 있는 걸 보면 알 수 있지 않은가!

괴송은 피눈물이 났다. 억울하거나 해서 그런 게 아니라 정말로 눈에서 피가 났다.

겨우 저깟 놈 하나 때문에 암부가 하루아침에 전멸하고 말다니.

운남 곳곳에 파견되어 있는 인원도 몇몇 있지만 본단이 날아가고 난 다음에야 무슨 소용이랴!

"허, 허허허!"

괴송은 화를 내다가 이제는 웃었다.

한참을 웃다가 웃음을 뚝 그치고 진자강을 쳐다보았다.

"네놈은 누구냐."

진자강은 답변을 거부하지 않고 바로 대답했다.

"약문의 후예."

독문에 악감정을 가진 놈이니 약문 출신이지 않을까, 라는 걸 아주 조금이지만 예상은 했었다.

"약문 어디의 소속이냐."

"백화절곡."

괴송이 소리를 질렀다.

"그깟 문파는 들어 본 적도 없어!"

언젠가 한 번은 들어 본 적이 있었을지도 모른다. 그러나 백화절곡과 암부는 거의 마주칠 일이 없었다. 실제로 암부는 백화절곡을 공격하지 않았다.

괴송의 외침은 항변이자 억울함의 표시였다.

하지만 진자강은 냉정했다.

"그렇습니까? 그럼, 약왕문. 보삼문. 오송문. 상황곡. 양잠파. 천도문, 구선문, 일이곡, 사장파…….."

진자강은 스물이 넘는 문파 이름을 모두 왼 후 물었다.

"어떻습니까. 그중에는 들어 본 적이 있는 문파가 있겠죠."

있지만 있다고 말하기 어려운 괴송이다.

대부분의 약문 일파는 대체로 무공이 약한 편에 속했다. 하나 그중에서도 고수는 있고, 제법 특출난 무공을 가진 이도 있기 마련이다.

암부는, 독문이 약문을 공격하기 직전에 그런 까다로운 고수들만 골라서 암살했다.

그런데.

그런 고수들을 줄줄이 저승길로 보낸 암부가 이렇게 허무히 멸문할 지경에 이르렀다.

겨우 일초지적이나 될까 싶은 젊은 놈 하나 때문에.

진자강이 말했다.

"대답이 없는 걸 보니, 내가 말한 문파들을 아는 모양이군요."

괴송은 입 안에서 솟구치는 피를 삼키며 억지로 입을 열었다.

"알지. 모를 수가 없지. 우리가 그중에서 얼마나 많은 놈들을 죽였……."

"됐습니다."

진자강은 괴송의 말을 잘랐다.

"뭐?"

아느냐고 물어본 건 네놈이잖아! 그런데 뭐가 돼!

어이없는 눈을 하고 있는 괴송에게 진자강이 말했다.

"당신들이 죽을 이유가 있다는 것만 확인했으면 됐습니다. 당신들의 전과(戰果)를 내가 알아봐야 무엇하겠습니까."

"이 머리에 피도 안 마른 놈이······!"

괴송은 화를 내려 했는데, 다음 이어지는 장면에 화도 제대로 낼 수가 없었다.

진자강이 자신의 말을 무시하고 칼을 뽑아 든 것이다.

"견우자에 중독되어도 청각은 멀쩡하니까 다들 들었을 겁니다. 나는 약문의 후예이고, 그게 당신들이 죽어야 할 이유입니다."

그렇게 말한 진자강은 암부의 무인들을 입구 가까운 곳에서부터 하나하나 죽여 가기 시작했다.

"퀵!"

"끄아악!"

그것은 매우 잔인하면서도 소름이 끼치는 광경이었다.

찌르고, 베고, 죽음을 확인한다.

그렇게 정성껏 한 명 한 명 죽여 간다.

저런 놈은 정말로 이제껏 듣도 보도 못했다.

괴송도 수많은 사람을 죽였지만 저렇게 성심성의껏 사람

의 죽음을 확인한 적은 없었다.

하나 이대로 가만히 당할 수만은 없었다.

괴송은 이를 악물었다.

주위를 보니 아직 움직일 여력이 있는 이가 몇 있다.

"형제들이여!"

괴송의 말에 암부의 무인들이 괴송을 주목했다.

"놈을 죽이지 못하면 오늘 우리 암부는 여기서 끝장이
다!"

무인들은 괴송이 하고 싶어 하는 말을 알아들었다.

그나마 고수들은 내공으로 독을 억누르고 있는 상태다.
움직여서 내공을 쓰면 독의 확산을 막지 못해 죽는다. 하지
만 이대로 있으면 어차피 다 죽게 생겼으니 어쩔 수가 없었
다. 자기 목숨을 버리더라도 암부는 살려야 한다.

무려 열 명이 일어섰다.

그들 중에는 피를 토하고 다시 주저앉거나 혈뇨를 흘리
면서 꿋꿋하게 선 자들도 있었다.

그들이 괴송과 눈을 마주쳤다.

괴송이 외쳤다.

"놈을 죽여라!"

그들이 시간을 버는 사이 괴송은 독을 몰아낼 터였다. 그
가 살아야 암부가 살아남는다.

몸을 움직일 수 있는 여섯 명의 고수가 죽음을 각오하고 내공을 돌리며 진자강에게 다가섰다.

진자강은 암부의 무인들을 죽이기를 멈췄다.

암부의 고수들이 한 마디씩 했다.

"흐흐흐흐. 겁나는 게냐?"

"우리가 죽는 게 빠를까, 아니면 네놈의 몸에서 머리통이 뽑히는 게 더 빠를까."

하지만 진자강은 그들을 빤히 보다가, 그냥 그대로 회관 밖으로 나가서 문을 닫아 버렸다.

"으…… 응?!"

암부의 고수들은 황당함에 말을 잇지 못했다.

싸우려던 것도 아니고 무슨 말을 하거나 욕을 한 것도 아니고 그냥 당연히 그래야 한다는 듯이 문을 닫고 나가?

잠깐 동안 현실 인지 능력에 문제가 생겨서 방금 무슨 일이 일어났나 되짚어 봐야 할 지경이었다.

"뭐, 뭐지?"

"저놈이 지금 뭘…….."

몇몇 고수가 진자강을 따라 밖으로 나가려다가 엉거주춤 멈춰 섰다.

문.

닫힌 문.

이상하게도 닫힌 문을 열 수가 없다. 그냥 열면 되는 문인데, 손을 내밀 수가 없다.

기분이 이상하다. 문을 열려고 가까이 가면 반드시 무슨 일인가가 생길 것 같은 불안한 느낌이 풍겨져 온다.

이해할 수가 없다. 평소에 수십 번은 여닫고 다녔을 아무 것도 아닌 단순한 문인데.

진자강이 한 거라고는 그냥 나가서 문을 닫은 것뿐이었다. 그런데 거기에 뭔가가 있을 것만 같은 느낌이 자꾸만 드는 것이다.

암부의 고수들은 심리적으로 심한 압박을 받았다. 만일 진자강이 평범한 사람이었다면 암부의 고수들이 압박에 시달릴 리가 없다.

암부의 본거지에 들어와서 태연자약하게 돌아다니고, 상상 못 할 방법으로 독을 살포했으며 일부러 잡히기까지 하는 등, 암부의 인원 전부를 속이고 농락한 놈이다.

그런 놈이 문을 닫고 나갔다면 응당 그 닫힌 문에 뭔가가 있을 거라고 생각하는 게 당연하지 않겠는가!

게다가 자신들의 몸은 독 때문에 평소 능력의 반도 제대로 사용하지 못하는 상태.

때문에 암부의 고수들은 섣불리 문에 다가설 수가 없었다.

정말로 어이가 없는 일이었다.

그때, 돌연 밖이 환해졌다.

타는 냄새가 나고 연기가 차 오는 게 보인다.

진자강이 밖에서 뭘 하는지 보지 않아도 알 수 있게 되었다.

"불을 질러?"

암부의 고수들이 분개했다.

"잔학무도한 놈!"

"우리를 산 채로 태워 죽일 셈인가!"

한 명이 분연히 앞으로 나섰다.

"내가 길을 열겠소이다!"

평범한 촌부의 복장이었지만 나선 이는 암부에서 열 손가락 안에 드는 고수다.

그가 문을 부숴 버릴 듯 달려갔다. 그러나 그는 문을, 문의 손잡이를 잡아 보지도 못하고 고꾸라졌다.

쿠당탕탕!

문 앞에서 무언가에 공격을 당한 듯 바닥을 굴렀다.

"끄윽, 끅."

입에서 거품을 물고 몸을 경련하며 고통스러워했다.

암부의 고수들은 경악했다.

"역시나!"

저 문에는 함정이 있었다!

그 모습을 보니 더더욱 문으로 갈 수가 없어졌다.

시야를 가리고 있는 연기가 아니었다면, 그랬다면 아마도 문 앞쪽 바닥에 여러 개의 침이 박혀 있는 걸 볼 수 있었을 테지만, 아쉽게도 이미 연기가 차올라 보이지 않았다.

그것은 진자강이 암부의 무인들을 하나하나 죽이면서 그들의 품에서 챙긴 암기였다.

불길이 심해지고 연기가 자욱해져서 숨을 쉬기도 곤란할 지경이 되었다. 더 이상 괴송도 마냥 앉아서 내력을 회복하고 있을 수만은 없게 되었다.

괴송은 가부좌를 풀고 일어나서 소리쳤다.

"벽을 부수고 나가라!"

암부의 고수들이 내공을 끌어 올렸다.

"한곳으로 나가지 말고 사방으로 흩어져!"

암부의 남은 고수들이 여러 곳으로 갈라져서 벽을 부쉈다.

펑! 퍼펑!

장력과 권으로 연신 두들기자 불꽃과 함께 벽체를 이루고 있던 흙덩이와 판자 조각들이 깨져 나갔다.

암부의 고수들이 연기에 휩싸여 밖으로 뛰쳐나갔다.

"쿨럭쿨럭!"

앞이 보이지 않을 정도로 연기가 꽉 찼기 때문에 괴송은
소리만 듣고 남은 이들이 무사히 밖으로 나갔는지를 확인
할 수밖에 없었다.

으드득.

이가 갈렸다.

들려온 소리로는 겨우 네 명 정도만이 밖으로 무사히 나
간 듯했다.

나머지 사십 명 이상은 중독된 채 움직이지 못하고 연기
에 질식해 죽어 가고 있거나 불길에 휩싸여 타 죽기 직전이
었다.

괴송은 분노해서 주먹으로 앞에 있던 탁자를 내려쳤다.

콰앙!

무지막지한 내력이 담긴 주먹질에 탁자가 폭삭 주저앉았
다.

"으으으, 네놈…… 절대로 곱게 살려 두지 않겠다!"

놈이 어디로 사라졌는지 밖에서 싸우거나 하는 소리는
들려오지 않았다.

이제 자신도 밖으로 나갈 차례다. 아무리 무공의 고수라
도 숨을 쉬지 않고는 살 수 없으니까.

그런데 막 몇 걸음을 내디딘 순간.

뜨끔.

발목 뒤쪽, 그러니까 발뒤꿈치 바로 위의 힘줄에서 작열
감(灼熱感)이 느껴졌다.

괴송은 걸음을 멈추고 아래를 내려다보았다.

진자강이 자신의 발밑에 엎드린 채 단도를 쥐고 있는 모
습이 보였다.

괴송은 헛웃음을 지었다.

"허…… 허허허."

그러나 금세 웃음을 그쳤다.

곧바로 돌변해서는 악귀와도 같은 표정으로 발을 치켜들
었다.

"이노오오옴!"

쫘앙!

내공이 실린 발이 바닥을 깨부수고 돌과 흙 파편들을 튀
어내며 틀어박혔다.

진자강은 뒤로 굴렀다. 괴송이 연이어 따라가며 발로 바
닥을 찍었다. 하지만 거의 끄트머리만 붙어 있던 발목 힘줄
이 충격 때문에 완전히 끊어졌다.

괴송의 발목이 함께 꺾였다.

우득.

괴송은 휘청대면서 무릎을 꿇었다.

그가 어떤 이유로든 무릎을 꿇은 것은 평생에 거의 처음

있는 일이었다.

자존심이 상한 건 물론이고 지금의 상황이 아직까지도 믿겨지지 않는다.

자기가 무릎을 꿇은 것이 마치 암부의 멸문을 암시하는 상황과도 같지 않은가!

괴송이 부르짖었다.

"아무것도 아닌 놈이! 손가락 하나로 짓눌러 죽일 수 있는 하루살이 같은 놈이 감히이이……!"

그의 앞에 진자강의 인영(人影)이 흐릿하게 나타났다.

"당신은 내가 우스워 보입니까?"

괴송이 연기와 독 때문에 잘 보이지 않아 눈에 힘을 돋우고 보니, 사람의 윤곽이 보인다. 그냥 서 있는 게 아니라 의자에 앉아서 내려다보는 듯하다.

"이노옴! 하찮은 네놈 따위가 나를 능멸하려느냐!"

"그 하찮은 내게 당신이 죽어 가고 있다는 걸 깨달아야 할 겁니다."

"이노옴! 이노오옴!"

괴송은 자기가 죽어 가고 있는 걸 느낄 수 있었다.

지독한 독이 발목에서부터 전신으로 퍼지고 있다. 독이라는 게 어쨌든 살에 스치기만 해도 큰 효과가 있는 것인데, 깊이 베어서 힘줄이 끊어질 지경까지 되었음에야!

내공으로 애써 눌러 보려 하지만 이 독은 너무 극심해서 오래 버티기 힘들 것 같았다.

괴송이 이를 악물고 고개를 들어 앞을 보았다. 진자강은 가만히 괴송을 지켜보고 있었다.

"네놈은 약문을 공격한 것에 대해 내가 사죄하고 반성하기라도 바라고 있는 게냐?"

진자강은 대답하지 않았다.

"큭큭큭. 그런 멍청한 생각은 꿈도 꾸지 않는 게 좋을 것이야. 네놈이 아무리 날뛰어도, 나를 고문하고 수백 번 칼질해 토막 낸대도 절대로 내 입에서 그런 말을 들을 순 없을 게야."

진자강이 무덤덤하게 대답했다.

"애초부터 그런 생각은 전혀 없었습니다."

"뭐?"

괴송이 인상을 쓰고 물었다.

"그럼 왜 앞에서 그러고 서 있는 게냐! 내가 사과하길 바라고 그러고 있는……."

"당신이 죽길 기다리고 있습니다만."

괴송은 말문이 막혔다.

"이…… 이……!"

불난 데 기름을 붓듯이 진자강이 말했다.

"여기서 밖으로 살아 나간 이들도 금세 당신 뒤를 따라 갈 겁니다. 오늘로서 암부는 끝났습니다."

"네 이놈!"

괴송은 마지막 힘까지 끌어 모아서 양손으로 바닥을 쳤다.

펑!

그 힘의 반발력을 동력으로 하여 앞으로 몸을 날린 괴송은 아까부터 보이고 있던 인영의 윤곽을 향해 일장을 내질렀다.

괴송의 이 같은 공격은 목숨을 도외시하고 남은 힘을 모두 쏟아 부은 것이라 극히 빠르고 매서웠다.

"같이 죽자!"

동귀어진(同歸於盡)의 절초!

진자강이 예측해서 준비하고 있었더라도 분명히 피하기 어려웠을 일격이었다.

와지끈!

정확하게 명치를 으스러뜨리고 심장에까지 손바닥이 파고들었다. 괴송은 손바닥의 촉감으로 분명히 느낄 수 있었다.

괴송의 일장을 맞은 인영이 의자와 함께 끈 떨어진 연처럼 뒤로 날아가 버렸다.

"쿨럭쿨럭, 맛이 어떠냐 이노옴! 감히 내 앞에서 건방지게 군 대가……."

"그렇습니까."

진자강의 목소리는 방금 자신이 공격한 곳 바로 옆쪽에서 들려왔다.

괴송은 얼떨떨해졌다.

"네놈이……."

자신이 공격한 게 놈이 아니었던가!

"그럼 저건 누구……."

진자강이 싸늘하게 대답했다.

"내가 알 게 뭡니까."

괴송 같은 고수를 상대로 허술하게 앞에 몸을 드러내는 짓은 하지 않는다. 이미 괴송에게 한 번 당한 진자강은 주변에 쓰러져 있던 암부 무인을 미끼로 앞에 앉혀 놨던 것이다.

내공을 한꺼번에 쏟아 버렸기 때문에 괴송은 억누르고 있던 독기가 퍼져서 한순간에 확 중독되어 버렸다.

"끄윽."

급성 중독으로 정신마저 혼미해졌다.

"끄으윽."

괴송은 그 와중에도 진자강을 향해 손을 뻗으며 기어가

려 했다.

진자강이 그의 손등에 단도를 박았다.

괴송의 몸이 꿈틀거렸다.

그러나 더 이상의 반응이 없었다. 진자강은 단도를 뽑아 괴송의 목을 그어 숨통을 끊었다.

진자강은 시체가 된 괴송을 내려다보았다.

온몸에 전율이 피어올랐다.

괴송 같은 고수가 자신의 앞에서 쓰러져 죽어 있다니!

운남 독문에 복수를 하겠다고 맹세했던 팔 년 전에는 이렇게까지 할 수 있을 거라고는 생각하지 못했다.

그러나 진자강은 해냈다. 계속해서 해내고 있다.

무공도 제대로 하지 못하고 불편한 몸인데도, 그런데도 운남을 주무르던 문파 셋을 혼자서 지워 버렸다.

지독문, 석림방, 암부.

물론 마을 회관 밖으로 달아난 남은 몇 명을 마저 처리해야 암부가 완전히 끝장나는 것이지만 말이다.

진자강은 호흡을 가다듬었다. 매캐한 탄내와 연기가 마을 회관을 가득 채우고 있었다.

그럼에도 진자강은 숨을 쉬기에 크게 곤란하다는 생각이 들지 않았다. 피부에 와 닿는 불의 열기도 그럭저럭 버텨 낼 수 있었다.

모두가 혼원지에서 기연을 얻은 덕이다.

진자강은 마을 회관을 빠져나가며 단도를 단단히 그러쥐었다.

살아남은 암부의 생존자들을 사냥할 시간이었다.

*　　　*　　　*

화그르르르.

암부의 대부분 인원들이 모여 있던 마을 회관은 화마(火魔)로 시커먼 연기를 뿜어냈다.

부민에는 더 이상 사람의 인기척이 느껴지지 않았다. 경계를 서던 보초 몇몇도 소병을 나눠 먹은 바람에 대부분 죽었거나 죽어 가고 있었다.

진자강은 마을을 샅샅이 뒤져서 살아 있는 사람을 단 한 명도 남겨 두지 않았다.

남은 민가와 집들은 이제 주인을 잃고 고스란히 빈집이 되어 버렸다.

모두가 단 하루 만에 벌어진 일이었다.

진자강은 마을의 중앙을 바라보았다.

아직도 타오르고 있는 마을 회관의 불길은 마치 비명을 지르고 있는 암부의 망령들과도 같아 보였다.

진자강은 그 모습을 바라보며 중얼거렸다.

"잘들 가십시오. 지옥으로."

이제 남은 건 철산문과 독곡뿐.

하지만 그들도 머잖아 암부와 같은 꼴이 될 것이다.

약문 일파를 공격하고 백화절곡을 멸망시킨 책임에서 그들 역시 자유로울 수 없으니까.

어떤 고난이 닥치더라도……, 진자강은 스스로 수라(修羅)가 되어서라도 반드시 그들을 지옥으로 끌고 갈 것이었다.

〈다음 권에 계속〉